moi! (COMME TOi, MAiS EN MiEUX)

Tu penses pouvoir supporter un autre épisode du journal de Jasmine Kelly?

Les chroniques de Jim Benton,
directement de l'école secondaire Malpartie

mon JOURNAL FULL nul

moi! (COMME TOI, MAIS EN MIEUX)

Le journal de Jasmine Kelly

Texte français de Marie-Josée Brière

Éditions ■SCHOLASTIC

Catalogage avant publication de Bibliothèque et Archives Canada

Benton, Jim
Moi (comme toi, mais en mieux) / Jim Benton ;
texte français de Marie-Josée Brière.

(Mon journal full nul)
Traduction de: Me! (just like you, only better).
Pour les 9-12 ans.
ISBN 978-1-4431-1449-3

I. Brière, Marie-Josée II. Titre. III. Collection: Benton, Jim.
Mon journal full nul.

PZ23.B458Mob 2011   j813'.54   C2011-902554-X

Édition publiée par les Éditions Scholastic,
604, rue King Ouest, Toronto (Ontario) M5V 1E1.

5 4 3 2 1   Imprimé au Canada   121   11 12 13 14 15

PROTÉGEONS NOS FORÊTS

49

arbres de nos forêts ont été sauvés.

Préservons notre environnement

Scholastic Canada a choisi d'imprimer les pages de ce livre sur du papier recyclé et a réduit sa consommation de ressources[1] et sa pollution[1] dans les mesures suivantes :

énergie	eau	gaz à effet de serre	déchets solides
20 millions de BTU	84,682 litres	2,251 kg	643 kg

Imprimé par **Webcom Inc.** sur du papier
Legacy Hi-Bulk White 100% à contenu postconsommation de 100 %.

98 %

FSC
www.fsc.org

MIXTE

Papier issu
de sources
responsables

FSC® C004071

[1]L'estimation des effets sur l'environnement a été faite au moyen du calculateur «Environmental Defense Paper Calculator».

Pour Griffin, Summer et Mary K.

Merci à Kristen LeClerc et
à l'équipe de Scholastic : Shannon Penney,
Steve Scott, Elizabeth Krych, Susan Jeffers
et Anna Bloom. C'est grâce à vous tous
si je suis exactement comme moi,
mais en mieux.

Ce journal
appartient à

Jasmine Kelly

TALENTS PARTICULIERS : CHOIX MUSICAUX,

ARTS ET TOUS LES AUTRES TALENTS CONNUS

J'AIME...

LA MUSIQUE, MOI ET MOI-MÊME

JE N'AIME PAS... LES COPIEUSES,

MÊME SI C'EST DES COPINES

DÉFENSE DE LIRE MON JOURNAL!!

Je sais que tu cherches
seulement à être
comme moi.
Eh bien, j'ai un
petit conseil
pour toi...

Il n'y a rien
que j'aime mieux
faire que ne pas lire
le journal de
quelqu'un d'autre!

Et puis, si jamais
je décidais de le faire,
je lui trouverais un cadeau
superextra pour son anniversaire,
qui s'en vient
justement bientôt...

À toi qui es en train de lire mon journal full nul,

Arrête!

Je sais... Si tu lis mon journal, c'est parce que tu espères trouver ce qui me rends aussi exceptionnelle.

Tu veux probablement me voler mes secrets de beauté : par exemple, savoir comment ça se fait que ne pas faire d'effort pour être belle me rende encore plus belle. Ou comment j'arrive toujours à découvrir les meilleurs groupes de musique avant les autres.

Ou alors, peut-être que tu aimerais avoir un aperçu de mes secrets artistiques **ultrasecrets**, comme ma méthode pour faire coller les brillants. (Bon, d'accord, ça, ce n'est peut-être pas un secret, mais j'ai beaucoup d'autres qualités beaucoup trop exceptionnelles.)

« Une fille trop exceptionnelle. »
Maintenant que je vieillis, il faut que je pense à mon avenir. Donc, j'autorise officiellement les sculpteurs à inscrire ça sur les 20 premières grandes statues qu'ils créeront à mon effigie. Pour les suivantes, ils pourront choisir d'autres vérités profondes dans le même genre.

J'autorise également mes biographes à employer fréquemment le mot « jolie », même si je préférerais nettement « jôôlie ». (C'est plus jôôli.)

Et si c'est vous, les parents, qui êtes en train de lire, arrêtez tout de suite. Je sais que je ne suis pas censée souligner les défauts des autres, mais vous allez voir que je n'ai souligné aucun des mots qui correspondent à ces défauts. Et si vous me punissez pour ça, je saurai que vous avez lu mon journal. Or, non seulement je ne vous ai pas autorisés à le faire, mais ça prouvera simplement à quel point vous êtes moins exceptionnels que moi.

Signé

Jasmine Kelly

P.-S. Si vous êtes des musiciens vraiment excellents et **célèbres dans le monde entier,** je vous autorise à lire mon journal et à faire des chansons avec ses plus beaux passages. Mais, désolée, je ne pourrai jamais autoriser quelqu'un à les écouter sauf moi.

Dimanche 1er

Cher journal full nul,

Une année, j'ai demandé un chiot pour mon anniversaire, et mon père m'a donné un bâton sauteur à la place. Je suis sortie l'essayer dans l'entrée du garage, mais je suis tombée et je me suis cassé le poignet.

Quand on est rentrés de l'hôpital, mon père se sentait tellement coupable qu'il est allé **m'acheter... un chiot!**

LANCEMENT

VOL

CHUTE LIBRE

BOING

IMPACT

J'étais supercontente, alors j'ai voulu faire un gros câlin à mon chiot. Mais, en ouvrant les bras, j'ai frappé accidentellement le visage de mon père avec mon plâtre et je lui ai **cassé le nez.**

Quand on est rentrés de l'hôpital, j'ai essayé de lui remonter le moral en sortant dans l'entrée du garage pour jouer avec mon bâton sauteur, mais j'étais encore plus maladroite avec mon plâtre, alors j'ai perdu le contrôle de mon bâton encore une fois. Au moins, cette fois-là, je ne suis pas tombée. Et je ne me suis rien cassé.

J'ai juste fait une **égratignure longue de 15 centimètres** sur la nouvelle auto de mon père.

Le chiot est vite devenu le tas de fétidité nauséabonde et malodorante que tu connais sous le nom de Sac-à-Puces, et qui a engendré récemment une version miniature de son moi puant que tu connais sous le nom de Pucette de Sac-à-Puces. Le bâton sauteur n'est plus jamais sorti du garage, et on ne l'a plus revu à part les cinq fois où on a essayé de s'en débarrasser dans des ventes-débassas. Mon père n'a jamais fait réparer l'égratignure sur son auto, et son nez fait toujours un bruit épouvantable quand il ronfle.

La morale de cette histoire d'anniversaire, c'est que **la pire chose** qui peut t'arriver, parfois, c'est de recevoir ce que tu demandes. Mais ne pas le recevoir, ça peut être pire aussi.

ENTRÉE D'AIR FRAIS ET SILENCIEUX

SORTIE DE SONS RAPPELANT UN OURS SE FAISANT MUTILER PAR UN BULLDOZER

Si je te raconte cette histoire tragique, c'est parce que mon anniversaire s'en vient et qu'il va être très différent de celui de « **l'année du bras cassé** ». (Alias « la bip d'année du bip de bip de nez cassé ».)

Ça va être le MEILLEUR anniversaire de tous les temps parce que tout ce que je demande, c'est de la musique. Alors, je suis à peu près certaine que mon père n'essaiera pas de me refiler un bâton sauteur à la place ou de faire une autre des substitutions dangereuses auxquelles il s'est déjà risqué dans le passé. Je parie plutôt sur un chèque-cadeau.

En plus, cette année, j'ai tout prévu. Comme mes parents sont vieux, ils aiment seulement la musique enregistrée avant que les gens aient appris à faire de la bonne musique, mais je leur ai spécifié **très clairement** que je veux MA musique préférée, et pas la leur.

Un des groupes que mes parents écoutaient à l'âge de pierre

4

Et puis – **EN PRIME!** –, ils m'ont dit que je pouvais faire une fête avec mes amis. Ce qui est supercool parce que c'est toujours amusant de décider qui inviter... et qui ne pas inviter!

Anniversaires passés

CE QUE J'AVAIS DEMANDÉ	CE QUE J'AI REÇU
Un Koala	Un ourson en peluche
Un narval	Une sardine avec un cure-dent piqué sur la tête (merci, Isabelle!)
Des souliers à talons vertigineux	Un sermon de mon père

Lundi 2

Cher toi,

Le lundi, c'est le jour du cours d'arts.
Tu te souviens sûrement de mon prof d'arts, hein?
C'est Mlle Angrignon, qui est tellement jolie, charmante
et ravissante que les autres femmes ont une forte
tendance naturelle à vouloir la pousser devant un train.
(Ça serait pas **super** d'être admirée comme ça?)
Aujourd'hui, elle nous a donné un nouveau devoir : on
doit faire une AFFICHE SUR LE THÈME DE LA
MUSIQUE!!!!!!!!!!! Je suis assez excitée pour faire encore
plus de points d'exclamation, mais j'aime mieux te
parler de ce fameux devoir et je n'ai pas de temps à
perdre en **extrémisme ponctuationnel.**
Donc, Mlle Angrignon nous a remis des feuilles de
carton ultramince, sur lesquelles on doit dessiner notre
groupe ou notre musicien préféré. Puis, elle a fait le tour
de la classe, et on a tous dit qui on allait dessiner.

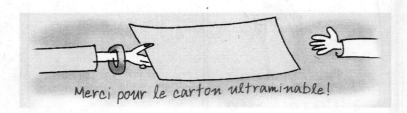

Merci pour le carton ultraminable!

Je vais faire mon affiche sur un groupe tellement cool que son nom est totalement **impossible** à épeler.

Ça se prononce en prenant une grande bouffée d'air et en expirant ensuite tout cet air en même temps, très lentement, comme si tu étais, genre, frustré, fatigué et très tanné.

C'est un groupe avec lequel j'ai des liens particuliers parce que je prononçais déjà ce son bien avant d'entendre parler de lui. On peut aussi le faire en marchant, exprès ou par accident, sur l'abdomen gonflé d'un beagle endormi.

Comme on ne peut pas épeler le nom du groupe, on l'appelle familièrement « **FFETT** ». C'est ce qu'on obtient quand on combine les premières lettres de « frustré, fatigué et très tanné ».

Mesdames et messieurs... FFETT

Les gars de FFETT sont hyperpopulaires. Ils ont vendu au moins un **gazillion** de disques, et mon père les déteste, ce qui est toujours un excellent moyen de savoir si un groupe est bon. (En fait, c'est une méthode infaillible pour **un tas** d'autres choses.)

Mon père déteste...

... l'art ongulaire

... la bonne musique
à tue-tête

... toutes les
merveilles connues

... le mouvement

Comme c'est MOI qui l'ai découvert (du moins, à ma connaissance), j'ai l'impression que le groupe m'appartient un peu. Ça veut dire que tous les élèves de l'école qui l'écoutent me copient, ce qui est tout à fait illégal. Non, non, je n'invente rien! C'est une loi POUR DE VRAI et ceux qui ne la respectent pas risquent de se faire arrêter POUR DE VRAI quand je serai chargée d'écrire toutes les lois du monde.

MES AUTRES LOIS

 Les couleurs du DRAPEAU NATIONAL seront changées pour du BRUN, du BRUN PÂLE et PAS DE BLOND.

Mon visage sera gravé sur les pièces de monnaie, mais seulement avec un sourire coquin, par-dessus l'épaule.

un joli sou

 Il sera OFFICIELLEMENT interdit d'admirer stupidement les yeux bleu ciel.

Donc, puisque je les écoute depuis un certain temps déjà, personne n'a été étonné d'apprendre que je faisais une affiche sur les gars de FFETT et leur nouveau disque, « Babeur ». C'est tiré de leur mégasuccès, **« Jtm kom du babeur, fille, É bcp + Q la crème »**.

Quand ils chantent ça, c'est évident qu'ils disent « babeur », et pas « babeurre »... C bcp + kool! Les autres ne s'en aperçoivent peut-être pas, mais moi, je l'entends clairement. C'est le genre de petite chose qu'on remarque quand on est aussi proche d'un groupe.

Dans une des chansons du groupe, j'ai même entendu un pansement sur un doigt du bassiste.

Je lui ai envoyé une fabuleuse carte de prompt rétablissement.

Angéline (qui est à moitié mon amie malgré sa **beauté inaltérable**) a choisi un groupe qui s'appelle « **Les charmants chichis adorables au miel doré** » ou « **Les saucissons rose bonbon débiles** », un truc comme ça. Je ne sais plus. Je n'ai jamais pensé qu'Angéline puisse écouter de la musique, à part celle des anges qui chantent avec une joie pure et les larmes aux yeux, chaque fois qu'elle marche, parle, respire ou fait quoi que ce soit, alors je n'ai pas vraiment fait attention.

Isabelle (ma meilleure amie professionnelle à plein temps), elle, va faire une affiche sur son CD préféré. Ce n'est pas vraiment de la musique, mais plutôt une collection d'effets sonores pour l'Halloween. On entend juste des portes qui craquent et des cris de terreur, mais ça l'aide à s'endormir depuis qu'elle a cinq ans.

Note : Les soirées-pyjama chez Isabelle? **Pas mon truc!**

Mlle Angrignon accroche toujours nos œuvres dans le corridor, pour deux raisons : **un**, c'est un excellent moyen de nous faire connaître. Et **deux**, elle sait qu'elle est tellement **ravissante** quand elle fait ça que les concierges et les profs masculins lâchent tout et se précipitent pour le faire à sa place.

Il y a de très bonnes chances que, par un extraordinaire concours de circonstances, les gars de FFETT voient mon dessin dans le corridor et qu'ils m'embauchent pour faire les couvertures de leurs futurs disques. J'ai vu bien assez de films de filles, dans ma vie, pour savoir que c'est une très nette possibilité.

Mais il faudra que je fasse savoir aux autres groupes que je ne suis pas disponible pour faire les couvertures de **leurs** disques. Je devrai donc peut-être faire aussi une affiche anti-tous-les-autres-groupes, pour que ça soit bien clair.

Mardi 3

Cher nul,

Tu te rappelles cette fille, Vicki Vézina?

Non? Je ne t'en ai jamais parlé?

Ça doit être parce que **personne n'en parlait jamais.**

À personne. Même pas à table chez les Vézina, quand M. et Mme Vézina se parlaient pendant le souper.

Si M. Vézina disait par exemple : « Hé, notre fille — euh... quelqu'un, en tout cas! — s'est étouffée avec une graine au dîner. »

Mme Vézina pourrait répondre : « Hé, savais-tu que les mousses et les fougères n'ont pas de graines? »

Tu vois? Ils s'intéressent plus aux fougères et aux mousses qu'à leur propre fille. Pourtant, **personne** ne s'intéresse aux fougères. Même pas les fougères!

D'ailleurs, cher nul, en parlant de graines, laisse-moi t'expliquer comment ça se passe. Tu en plantes une, et elle pousse lentement. Elle grossit, et grossit, et grossit, jusqu'à ce qu'un petit bouton apparaisse. Et puis, le bouton s'ouvre graduellement. Tu vois, les plantes te donnent le temps de te préparer à leurs fleurs. Tu peux même décider de les manger avant qu'elles fleurissent, ou leur arracher les pétales un par un pour savoir si quelqu'un t'aime un peu, beaucoup ou pas du tout.

Mais **il y a des gens** — tu t'imagines? — qui ne font pas ça. **Il y a des gens** qui se transforment tout d'un coup en immenses fleurs magnifiques, sans aucun avertissement.

C'est pour ça que tu dois connaître une cinquantaine de personnes que tu ne peux pas sentir, mais que tu n'arriverais probablement pas à nommer plus d'une ou deux fleurs contre lesquelles tu es fâchée en ce moment.

En tout cas, ce genre de graine polie que je viens de décrire, c'est exactement **le contraire** de Vicki. Du jour au lendemain, sans avertissement, elle a fait disparaître ses boutons, elle a transformé ses cheveux en cheveux autobrossants et elle s'est remodelé le visage pour qu'il n'ait pas toujours l'air de s'excuser de quelque chose.

Mais le pire du pire — accroche-toi bien —, c'est qu'aujourd'hui, elle portait un t-shirt de FFETT! C'est MON groupe à MOI, alors en principe, ce t-shirt est à MOI.

Non, je ne suis pas égoïste. Je permettrais probablement à Isabelle d'aimer FFETT. Je pourrais peut-être même donner à Angéline une autorisation très limitée, et Émmilie ne compte pas vraiment parce qu'elle entend ce qu'elle veut entendre, que ses écouteurs soient branchés sur un iPod ou sur une tablette de chocolat.

Mais PAS Vicki Vézina! Je ne l'autoriserai jamais à se servir de **mon** groupe.

Voilà! J'avais besoin de partager ça... C'est une insulte non seulement pour FFETT, mais pour moi aussi.

Légèrement fâchée

Alors, plus tard, je suis allée trouver Isabelle et Angéline puisqu'elles sont obligées, en tant qu'amies, de remplir leurs fonctions de réceptrices officielles de plaintes. Eh bien, crois-le ou non, elles étaient en train — par pure méchanceté, c'est clair! — d'écouter les FFETT!!! **Oui, oui!** Et elles ne m'avaient même pas consultée pour savoir par quelle chanson elles devaient commencer.

On dirait bien que plus personne ne respecte la propriété musicale, de nos jours.

Elles auraient dû commencer par une des chansons plus anciennes du groupe, on s'entend! Par exemple **« É Fille, T 1 Fille pour moi »** ou peut-être **« É, Fille, T trop Xtra »** ou même **« É Fille, T 1 Fille. G compris ».**

Mais non! Il a fallu qu'elles commencent tout de suite par leur méga succès, **« Jtm kom du babeur, Fille, É bcp + Q la crème ».**

Le babeurre, c'est à peu près le seul produit laitier auquel on peut être contente d'être comparée.

Comme je suis **hypergentiment** polie, je n'ai même pas reproché à Isabelle et à Angéline de fréquenter mon groupe dans mon dos. Je me suis contentée de hocher la tête en disant **superhypergentiment** que c'était vraiment super qu'elles soient d'aussi grandes fans de FFETT.

Angéline a répondu qu'à son avis, c'était moi la plus grande fan du groupe. Dans un monde idéal, elle aurait perdu la voix juste à ce moment-là — à cause d'une MMV (une maladie médiévale de la gorge), disons —, mais il a fallu qu'elle ajoute aussitôt après : « Sauf peut-être Vicki. »

Vicki Vézina? À cause d'un simple t-shirt, on est censées croire que c'est ELLE, maintenant, la plus grande fan de FFETT?

Sûrement pas.

Pourquoi est-ce qu'on s'est tellement dépêchés

d'éradiquer la maladie médiévale de la gorge?

Alors, pour prouver que c'était bien MOI, la plus grande fan de FFETT, je suis allée aux toilettes avec un marqueur et j'ai écrit FFETT sur mon bras. Et pour que ça soit bien clair, j'ai ajouté BABEUR en dessus. Comme ça, tout le monde verrait que j'étais une spécialiste de FFETT **et** de leurs œuvres.

J'ai écrit ça à l'envers sur mon bras gauche pour que les autres puissent le lire quand je pose le bras sur mon pupitre. Parce que, bien sûr, c'est pour **les autres** que j'ai fait ça.

Intense, hein? J'ai à peine regardé dans le miroir...

BABEUR
FFETT

Au dîner, j'ai mangé avec Émmilie, Isabelle et Angéline. On était assises en face d'Henri Riverain (huitième plus beau gars de la classe) et de Vicki, qui a fait l'erreur tragique de paraître près de moi dans son t-shirt de FFETT pendant que, moi, je portais une déclaration d'amour beaucoup plus évidente : UN TATOUAGE AU MARQUEUR.

Avoue-le, ma belle, n'importe qui peut porter un t-shirt...

FFETT

Le plus méchant orthodontiste au monde

FFETT

Une araignée

FFETT

5 kilos de navets

Mais il y a une chose, au sujet des tatouages... (Je dédie ce qui suit à la future Jasmine — qui lit peut-être ce journal, dans un lointain avenir — au cas où elle songerait un jour à se faire faire un vrai tatouage...)

Chère future Jasmine,

Je sais, tu penses que tu serais supercool avec un bras tatoué posé négligemment sur la portière de ton vaisseau spatial décapotable hypermoderne tandis que tu reconduis tes triplés géniaux au camp d'été sur Mars, mais réfléchis-y à deux fois. Rappelle-toi le jour où tu as écrit BABEUR et FFETT sur ton bras...

Tu te souviens que tu n'as pas vraiment fait attention à le placer comme il faut, ton tatouage? Et que tu as remarqué seulement à la fin du dîner que ta manche n'était pas assez relevée? Et qu'Henri a éclaté de rire quand Vicki s'est levée en disant : « Beau tatouage. **C'est pour te rappeler un souvenir agréable?** »

Et tu te souviens, quand tu as baissé les yeux et que tu t'es rendu compte de ce que ça disait?

Ouais. Exactement. Ça disait « BAFFE »!

ON PEUT DIRE QUE ÇA FAIT MAL!

Je suis arrivée en retard en classe parce que j'ai dû aller laver ça, et c'est là, dans les toilettes des filles, que ça m'a frappée comme une tonne de briques : je devais **rompre** avec FFETT. Ça m'a donné envie de brailler, mais je ne me vois pas bâtir une relation épanouissante avec des gars qui laissent d'autres filles aimer leur musique et qui me soumettent à une torture aussi cruelle.

Mercredi 4

Cher toi,

Je me suis réveillée très tôt ce matin et j'ai commencé à planifier ma fête tout en réfléchissant à ma nouvelle relation musicale. (Désolée, les gars, je dois passer à autre chose!)

En ce moment, j'écoute **Julien Jay Fibeau**, un nouvel artiste promis à un brillant avenir, et je pense qu'on est en train de tomber amoureux, tous les deux. Mes chansons préférées, jusqu'ici, c'est « **Plutôt jolie, c'est assez pour moi** » et « **Les filles populaires deviennent ordinaires après le secondaire** ».

JJF est à croquer, mais pas dans le même genre que les gars de FFETT. Eux, ils étaient plutôt dans le style dangereux, comme s'ils risquaient à tout moment de se battre. JJF, lui, il est à croquer dans le style trop mignon, comme s'il risquait... de donner du chocolat à un animal en peluche.

Mais mignon à croquer, c'est tout à fait assez pour moi. Et puis, je vous l'ai dit, les FFETT : **Je. Dois. Passer. À. Autre. Chose.**

Il faut que je pense sérieusement à l'organisation de ma fête. Il y a une foule de détails à planifier. Au départ, je voulais un **gâteau spectaculaire**, mais j'ai vu toutes ces émissions où on fait des gâteaux spectaculaires. Alors j'ai pu constater que, plus un gâteau est beau, plus il a été manipulé par les pâtissiers. Et je n'ai vraiment pas envie de manger une chose qui aurait vécu dans une telle promiscuité avec quelqu'un d'autre.

Donc, je vais avoir un **beau gâteau**, mais pas un qui pourrait faire carrière à la télé. Il sera au chocolat, c'est sûr, parce qu'on s'entend qu'un gâteau à la vanille, c'est juste un gâteau au chocolat qui ne veut pas montrer sa vraie nature.

Au déjeuner, ma mère m'a rappelé que je devais finir ma liste d'invités. Alors, j'ai tout de suite pris un papier et un crayon, et j'ai commencé à écrire les noms des gens que j'avais envie de voir. Je suis allée jusqu'à Isabelle, mais ensuite, j'ai dû **réfléchir un peu.**

Suis-je obligée d'inviter certaines personnes? Dans un sens, si je suis obligée, ça m'en coupe l'envie. Par exemple, est-ce que je DOIS inviter Angéline? Elle ne me dérange plus — plus vraiment, en tout cas —, mais qui sait si ça ne recommencera pas? Angéline, c'est un peu comme une **grippe blonde** dont je suis guérie pour le moment, mais que je pourrais attraper à nouveau n'importe quand.

Est-ce que je DOIS inviter Henri? Ma nouvelle relation avec Julien Jay Fibeau risque de le blesser et de l'intimider. Ce qui ne me dérange pas non plus, mais s'il boude, ça pourrait gâcher un peu l'atmosphère.

Est-ce que je DOIS inviter Émmilie? Je l'adore et tout, mais qui va lui expliquer que ce n'est pas **son** anniversaire?

Il y a aussi Michel Pinsonneau, bien sûr, qui est dégueu et que je déteste, et Margot la castorette, qui est dégueu et que j'aime bien.

Et puis, il y a Gaston, et Élisabeth qui postillonne tout le temps — une vraie fontaine! —, et le gars qui trébuche partout. Est-ce qu'ils doivent venir aussi?

PINSONNEAU

MARGOT

ÉLISABETH LA FONTAINE

GASTON

LE GARS QUI TRÉBUCHE PARTOUT

NADIA

En plus, est-ce que je dois inviter les gens qui m'ont invitée à leur fête une seule fois? Quand est-ce que ces obligations-là arrivent à expiration? Mon anniversaire, c'est dans trois semaines. C'est loin, ça... Comment être sûre que je les connaîtrai encore, tous ces gens-là?

C'est vraiment complexe, la dynamique des fêtes d'anniversaire. C'était une bonne idée quand on a décidé qu'il y en aurait juste une par année. Heureusement, j'ai la chanson d'amour de Julien Jay Fibeau, « **C pas 6 stupide quand C toi** », pour me calmer.

Oh, Julien Jay, tu **brailles** tellement bien!

Ô
Mon chou
à la crème
Mon délice
au caramel
Mon dessert
au miel
Comme tu
es riche
en calories

Jeudi 5

Cher journal,

Le jeudi, c'est toujours **le jour du pain de viande** à l'école. Je sais ce que tu penses, mais attends un peu : le pain de viande, c'est un plat nourrissant et délicieux, populaire dans toutes les écoles secondaires où vivent de jeunes bactéries affamées.

Mais les non-bactéries, elles, n'en raffolent pas tellement.

Et quand je dis « n'en raffolent pas tellement », en fait c'est plutôt « ont envie de vomir par les oreilles ».

C'est juste que « n'en raffolent pas tellement », ça a plus de **classe**. Et moi, j'en ai, de la **classe**!

C'est comme aujourd'hui, quand j'ai remarqué qu'au moins **40 élèves** écoutaient les FFETT.

Certains mettaient des autocollants FFETT sur leur casier, ou écrivaient le nom du groupe sur leurs jeans ou sur leurs cahiers. Mais ne t'inquiète pas : comme j'ai de la classe, je n'ai pas ri d'eux d'un rire méprisant.

Je me suis contentée d'un **sourire moqueur** — c'est plus « classe ».

Je ne sais pas très bien si mon sourire s'adressait à mes pauvres petits camarades de classe ou s'il visait plutôt les gars de FFETT, qui jouent maintenant — depuis que je ne suis plus une fan — devant un auditoire beaucoup moins mûr et moins au courant.

Moi, avec un sourire moqueur

Margot, avec un sourire rongeur

Angéline a semblé très étonnée quand je lui ai dit que Julien Jay Fibeau était mon nouvel amour musical. Je pense que tout le monde s'attendait à ce qu'on vieillisse ensemble, FFETT et moi, et ça aurait dû se passer comme ça. Je me voyais bien cligner des yeux doucement au rythme de la musique pendant que les gars joueraient sur leurs **guitares antiques**...

Mais les choses changent. Les gens changent. Il faut accepter de voir quelqu'un divorcer de son groupe. L'important, c'est de prendre ça avec maturité et de ne jamais oublier les bons moments.

Et puis, c'est réconfortant, en quelque sorte, de blâmer Vicki pour cette rupture. Je la recommande à tout le monde comme **porteuse de blâme.**

Les licornes n'existent pas pour vrai. Comment savoir si ce n'est pas aussi la faute de Vicki???

Excellente question

À table, ce soir, j'ai dit à mes parents qu'à partir de maintenant, j'aimais exclusivement Julien Jay Fibeau, et mon père s'est étouffé avec le **truc-machin-en-sauce-à-quelque-chose** que ma mère avait préparé pour le souper.

Mon père s'étouffe régulièrement avec la cuisine de ma mère — ça nous arrive à tous —, alors il n'y a rien d'inhabituel là-dedans. Mais cette fois-ci, ça m'a frappée plus que d'habitude. Peut-être parce que ça m'a vraiment frappée — **littéralement**.

D'habitude, il a le temps de mettre sa serviette devant sa bouche, mais pour une raison que j'ignore, il a été tellement pris par surprise que j'ai reçu un gros jet de nourriture en plein visage.

Je pense qu'il est seulement très content que j'aie trouvé de nouvelles chansons à faire jouer à tue-tête.

AARK

La bouffe de ma mère est À PEINE plus dégueu servie comme ça.

Après le repas, on a regardé un peu la télé. Il y avait une fille qui jouait du violon tout en rebondissant sur un bâton sauteur, sans cesser pour autant d'être belle comme un cœur.

Et le pire, c'est qu'elle était **beaucoup plus jeune que moi!**

Ça ne m'a jamais dérangée que des gens plus VIEUX que moi fassent des choses que je ne pouvais pas faire. C'est tout simplement parce qu'ils ont eu beaucoup plus de temps pour apprendre.

Mais voilà que des petits jeunes comme cette joueuse-de-violon-sauteuse-sur-bâton font des choses que je ne peux pas faire. Je me suis toujours dit que les enfants comme ça devaient souffrir d'une quelconque maladie mentale qui les pousse **à faire suer** les autres.

Mais je me suis trompée, je pense. Je me rends compte maintenant que nos anniversaires ne servent peut-être pas seulement à recevoir des cadeaux. Et que le mien pourrait aussi vouloir dire que je vais devoir commencer à accomplir **de plus en plus de choses** pour compenser mon âge **de plus en plus avancé,** qui va bientôt me rendre **de plus en plus dégoûtante.**

(Je viens de comprendre pourquoi les adultes accordent tellement d'importance à ce qu'ils accomplissent. Ça les distrait de leur laideur ridée.)

Ça serait peut-être satisfaisant d'inventer un appareil capable de faire tomber une petite violoniste de son bâton sauteur, mais ça ne serait pas suffisant. Il faut que j'accomplisse un **exploit Super-Incroyable** d'ici mon anniversaire.

Mon invention, c'est une souricière améliorée. Améliorée parce qu'elle ne sert pas pour les souris.

Vendredi 6

Cher nul,

Ce n'est vraiment plus drôle. Vicki portait encore son t-shirt de FFETT à l'école aujourd'hui. Mais ce n'est pas tout : **Émmilie aussi.**

J'ai demandé à Émmilie si elle avait fait son t-shirt elle-même, peut-être en se regardant dans le miroir pendant qu'elle le portait, mais elle m'a affirmé que non et qu'elle l'avait acheté dans la « boutique chic ».

En plus, Isabelle avait écrit FFETT sur sa main avec un marqueur. Je lui ai fait remarquer que c'était une grave erreur parce qu'il m'avait fallu une **quarantaine de lavages** pour enlever mon tatouage. Et je lui ai montré mon bras comme preuve : il est encore très rose.

Elle a répondu qu'elle n'était pas inquiète parce que sa grand-mère avait un remède qui lui permettrait d'enlever tout ça en un tour de main — si elle ne l'avait pas déjà bu.

J'ai aussi demandé à Isabelle quelle impression ça faisait de se contenter des restes de quelqu'un d'autre, puisque c'était moi, le premier amour des gars de FFETT. Ça donne un peu l'impression qu'elle est désespérée.

Je ne sais pas pourquoi ça me paraissait être une bonne idée...

Deux pensées :

Premièrement : Les casiers d'école semblent avoir été faits pour faire le plus de bruit possible quand quelqu'un t'envoie te cogner dessus, ce qui me fait croire qu'ils ont probablement été conçus par quelqu'un qui intimidait les autres quand il était jeune.

Et **deuxièmement** : C'est mathématiquement impossible de s'habituer à la vitesse à laquelle Isabelle réussit à prendre les gens par le collet. Elle pourrait aller chercher un sandwich au jambon dans la gueule d'un cobra. (Est-ce que les cobras mangent des sandwiches au jambon? Probablement. Pourquoi pas?)

On dirait bien qu'Isabelle ne trouve pas ça superclasse d'avoir l'air désespérée. Elle a dit :

— J'essaie juste d'être heureuse.

Alors je me suis excusée tout de suite parce que, surtout à cette seconde même, avec ses doigts autour de ma trachée, j'étais parfaitement d'accord que ça serait une idée supergéniale si elle était heureuse.

Les gens heureux n'ont pas d'histoire... ni de **tendances meurtrières.**

Si ça rend Isabelle heureuse de **me copier**, je peux vivre avec ça. Un peu. Pour quelque temps.

Bon! Il est temps que je te laisse pour ce soir parce que j'aimerais bien trouver un thème pour ma fête d'anniversaire, alors il faut que je me mette au travail. J'ai pensé à quelques possibilités.

FÊTE DE KOALAS!

Tous les invités se déguisent en koalas et on fait des activités qui se rapportent aux koalas.

Je ne pense pas que ça se mange, des feuilles d'eucalyptus.

FÊTE DE NINJAS!

Tous les invités se déguisent en ninjas...
... Vraiment?

FÊTE D'ADULTES!

Tous les invités se déguisent en adultes et se reposent jusqu'à ce qu'il soit l'heure de rentrer pour se reposer.

Samedi 7

Cher journal,

Isabelle m'a invitée chez elle aujourd'hui. Je me suis dit qu'elle voulait probablement s'excuser de m'avoir bousculée hier, mais je me suis très vite souvenue qu'Isabelle s'excuse seulement s'il y a un juge ou un policier dans la pièce.

Et que toutes les portes sont **verrouillées**.

Mais non. Elle voulait m'aider à planifier ma fête d'anniversaire parce qu'elle n'a pas le droit d'en faire chez elle depuis sa toute première fête, quand on était à la maternelle.

Isabelle avait dit à tous ses invités qu'elle avait une **sœur jumelle**. Elle avait expliqué que sa sœur, qui s'appelait Monella, ne pouvait pas aller à notre école parce qu'elle avait été attaquée par un ours quand elle était bébé et qu'elle avait besoin d'une toilette spéciale qu'aucune école n'avait les moyens d'acheter. Mais elle avait ajouté que tout le monde devait quand même lui apporter un cadeau d'anniversaire. Ou beaucoup d'argent.

Bien sûr, ce n'est pas vraiment un nom, Monella. Ça veut dire « **petit monstre** » en italien, et c'est le surnom que la grand-mère d'Isabelle lui donnait toujours. Alors, quand ses parents ont vu « Pour Monella » sur certains des cadeaux, ils ont simplement pensé qu'Isabelle se faisait appeler par son surnom à l'école.

Ils ne se seraient jamais doutés de rien si un des autres parents n'avait pas demandé où était Monella.

ISABELLE   MONELLA   **39**

Heureusement qu'Isabelle n'a rien contre les fessées.

Tu reconnaîtras que c'était très habile de sa part parce que, si ce parent-là n'avait rien demandé, Isabelle aurait eu deux fois plus de cadeaux. Peut-être même pour **le reste de sa vie** si elle avait continué de raconter son histoire.

Mais en définitive, je suppose que ça n'était pas si génial comme plan, après tout, parce que ses parents ne lui ont plus jamais permis d'en avoir une autre. (Une autre fête, pas une autre fessée. Ça, elle en a eu tout plein d'autres. Autant qu'elle en voulait...)

Ça m'étonne que ses parents n'aient jamais inventé ça.

Alors, on s'est entendues pour ne pas discuter de FFETT et on s'est concentrées sur ma fête à la place.

Isabelle a dit qu'on devrait essayer de deviner qui apporterait les **meilleurs cadeaux** et diviser par qui mangerait **le moins.** Je n'ai pas pu me résoudre à l'interrompre parce que cette formule, c'était plus de maths que je l'avais jamais vue faire de toute sa vie.

Elle avait créé un graphique de quelques-uns des élèves les plus maigres et les plus riches de l'école pour m'aider à choisir.

Je lui ai dit que ça n'était vraiment pas la bonne manière de voir les choses. Tu sais, les petits maigres s'empiffrent parfois comme des goinfres, alors que certains gros mangent très peu. La preuve, c'est que les lamantins mangent juste de la salade et qu'ils nagent tous les jours... et regarde de quoi ils ont l'air!

Ouache! Il n'y aurait pas une organisation de charité qui pourrait leur trouver de la vinaigrette à mettre sur ce truc?

Isabelle m'a dit que je devais inviter au moins un de ces élèves-là parce que ça aiderait à compenser pour le cadeau minable qu'elle compte m'apporter, et aussi pour son appétit d'ogresse.

J'ai fini par accepter son plan et je lui ai dit de choisir quelqu'un pour moi puisqu'elle était probablement la seule capable de comprendre pleinement ses **maths de rapace.**

LES MATHS D'ISABELLE

POIDS DE L'INVITÉ :	90 KILOS
VALEUR PROBABLE DU CADEAU DE CET INVITÉ :	10,00 $
L'INVITÉ VA MANGER 1,5 % DE SON POIDS, CE QUI VAUT —	5,00 $
VALEUR NETTE DE CET INVITÉ —	5,00 $

On a ensuite dressé une **Liste temporaire des gens que je pourrais peut-être songer à inviter en attendant une décision définitive,** avec les pour et les contre de chacun.

INVITÉ/E POSSIBLE	POUR	CONTRE
LA BRUNET	POURRAIT DÉBOULER L'ESCALIER	POURRAIT ATTIRER DES GORILLES
TANTE CAROLE	VIEILLE, MAIS QUAND MÊME SYMPA	VIEILLE
UN CLOWN	POURRAIT FAIRE DES ANIMAUX EN BALLONS	POURRAIT AVALER L'ÂME DES INVITÉS
UN GORILLE	POURRAIT ATTAQUER LE CLOWN - ÇA SERAIT DRÔLE!	POURRAIT ATTIRER LA BRUNET

On a aussi discuté d'autres thèmes qu'Isabelle aimait bien.

THÈMES DE FÊTE PROPOSÉS PAR ISABELLE

Le thème
« Donnons les cadeaux
de Jasmine à son amie
la plus agressive »

Le thème
« Isabelle est-elle
capable de manger
tout un gâteau
d'anniversaire? »
(avec démonstration
pratique)

Le thème
« Donnons- lui donc les
cadeaux de Noël
de Jasmine tant
qu'on y est »

Et puis, on a commencé à parler de la musique qu'on devrait faire jouer pendant la fête, mais je me suis vite rendu compte que c'était un sujet très délicat, surtout que je suis maintenant avec une pop star très prometteuse tandis qu'Isabelle est encore accrochée à un groupe de gars **tellement pas cool** qu'il n'ont même pas de nom.

Sérieux? Juste des initiales? C'est vraiment nul, ça. Les gars, un peu d'imagination, S.V.P!

Bon, d'accord, ils me manquent un tout petit peu.

Dimanche 8

Cher toi,

Tante Carole est passée à la maison avec Angéline. Elles s'en allaient magasiner... **encore une fois.** Angéline n'achète jamais rien, mais tante Carole est mariée à l'oncle Dan — qui est l'oncle d'Angéline, en réalité —, alors elle est légalement obligée de traiter Angéline comme sa nièce. C'est pour ça qu'elle s'abaisse à passer du temps avec elle — par pure charité, on s'entend!

Elles m'ont invitée à les accompagner, mais comme on est dimanche, j'ai une tonne de devoirs à finir. Angéline, qui n'a vraiment pas l'air de piger à quoi ça sert, les dimanches, finit toujours ses devoirs de bonne heure. Elle doit donc trouver des moyens de tuer le temps le dimanche, par exemple **faire des choses** ou **s'amuser.**

Ça doit être terrible d'être libre comme ça le dimanche.

Elle fait pitié, en fait.

46

Après leur départ, j'ai passé quelques minutes à m'inquiéter de mon avenir parce que c'était sur ma liste de choses à faire :

Dimanche, 14 h — 14 h 15 : M'inquiéter de mon avenir.

Je m'étais dit que je devrais réfléchir à ce que je pourrais **accomplir** avant mon anniversaire. Je n'arrivais pas à m'enlever de la tête cette fichue petite joueuse-de-violon-sauteuse-sur-bâton.

Peut-être qu'une lettre à la station de télé pourrait m'aider.

Chère télé,

S.v.p. arrêtez de diffuser des histoires de petits enfants surdoués qui cherchent à prouver combien ils sont bons. Vous ne réussissez qu'à mettre l'humanité en rogne.

Sincèrement,
Jasmine Kelly

P.S. : Ma main est en fait beaucoup plus belle que ça, mais c'est difficile à dessiner, une main.

En fait, ça n'aidera probablement pas, parce qu'il y a quand même des chances que je voie cette fille — ou quelqu'un d'autre dans le même genre — dans un magazine ou sur Internet. Or, même si j'ai déjà essayé de communiquer avec cet **énorme animal qu'est Internet**, personne ne m'a jamais répondu.

Je me suis dit que je devrais essayer d'être meilleure que tout le monde dans quelque chose, ou au moins d'être aussi bonne que cette petite m... sauteuse sur bâton, et que ça prendrait ce que ça prendrait, mais que j'étais prête à tout sacrifier pour acc...

Et puis, l'horloge a indiqué 14 h 15. C'était l'heure de passer à autre chose.

Après le souper, je suis montée à ma chambre, j'ai mis mes écouteurs et je me suis payé la traite avec Julien Jay Fibeau.

J'ai aussi « **lâché mon fou** », « **capoté** » et, à un moment donné, j'ai même « **sauté au plafond** ».

JJF je t'adore, mais t'es vraiment pas super pour les devoirs! Je pense qu'on peut voir exactement à quel moment j'ai lâché mon fou, capoté et sauté au plafond en écrivant mon texte.

Les koalas

Les koalas sont des animaux très intéressants qui vi~~v...~~

Ils vivent en Australie et~~...~~

Une des choses que les gens remarquent en premier, c'est qu'ils ~~...~~ yé hé yé hé hé

Lundi 9

Cher full nul,

Julien Jay et moi, on a décidé de rendre notre amour public aujourd'hui, alors pendant le cours d'arts, j'ai dit à Mlle Angrignon et au monde entier que je ne voulais plus faire mon affiche sur le vieux groupe **C'est-Quoi-Leur-Nom?,** mais que j'avais plutôt choisi Julien Jay Fibeau.

Mon annonce a été accueillie par des exclamations de surprise étouffées — tellement étouffées, en fait, que personne ne les a entendues. Mais quand même, je les ai bien senties, moi. Avec un ou deux ricanements, puisque les garçons sont très jaloux des chanteurs pop hyperpopulaires et qu'ils ont tendance à se moquer d'eux — comme s'ils connaissaient quelque chose à la musique!

Sérieux! Il y a tout plein de gars, à l'école, qui sont incapables de nommer trois groupes de musique, mais qui peuvent interpréter à la perfection le thème de Super Mario avec leurs dessous de bras sans oublier une seule note.

Mlle Angrignon a répondu :

— Pas de problème. Nos intérêts changent, parfois. La semaine dernière, Angéline et quelques autres filles ont changé d'idée et elles ont pris plutôt un groupe qui s'appelle FÊTE, ou quelque chose comme ça. Et maintenant, c'est ton tour.

ATTENDS, LÀ... ELLES ONT PRIS FFETT???

J'ai regardé Angéline, qui s'est contentée de sourire. Isabelle, elle, n'a pas levé la tête de son dessin. Et Émmilie m'a montré fièrement un **grand F à l'envers,** ce qui est soit la première lettre de son dessin de FFETT, soit — ce qui est tout aussi probable — la note qu'elle recevra pour son travail.

J'aimerais bien visiter le monde d'Émmilie un de ces jours...

Je suis sûre que les coquerelles y ressemblent à des LICORNES.

J'ai coincé Angéline à côté du taille-crayon et je l'ai bien avertie.

— C'est Isabelle qui est **avec** FFETT. Tu ne penses pas que c'est un peu bas de ta part de devenir une grande fan toi aussi, sans même essayer de te cacher?

Angéline s'est retournée brusquement. Je suis sûre qu'elle espérait me **fouetter le visage** avec sa lourde tignasse somptueuse, mais je connais ses trucs, alors j'ai évité son fouet doré.

— Peut-être que tu ne sais pas tout, Jasmine, OK?

Alors j'ai tout de suite commencé à protester parce que — soyons honnêtes! — **je sais presque tout.**

Mais, au beau milieu de ma protestation, j'ai soudainement décidé de me taire. J'ai regardé Isabelle, qui gardait un air parfaitement stoïque malgré les tentatives d'Angéline pour lui voler son groupe.

C'était un air tellement stoïque que ça ressemblait presque à un air **je-m'en-fiche-pas-mal,** mais c'est probablement parce que c'est moi qui ai montré à Isabelle comment avoir l'air stoïque.

MES AIRS PARFAITEMENT STOÏQUES

QUAND JE ME FAIS ATTAQUER PAR DES OURS POLAIRES

QUAND JE ME FAIS ATTAQUER PAR UN DINOSAURE ARMÉ DE FLÈCHES EN FEU

QUAND MON PÈRE COUPE SES HORRIBLES ONGLES D'ORTEILS DOUBLE ÉPAISSEUR (OUI, JE SAIS, MAIS C'EST TROP HORRIBLE!)

Mardi 10

Bonjour, toi!

Il y a longtemps, j'ai écrit une lettre au président des États-Unis au sujet du programme spatial et je lui ai dit que ce serait une bonne idée si c'était MOI qui choisissais les futurs astronautes.

J'ai donné tout plein de détails pertinents sur les critères de sélection des candidats, comme le poids, la facilité à les mettre dans un sac et à les charger dans une fusée, la blondeur surnaturelle des cheveux, et le fait que notre Terre serait beaucoup plus heureuse par la suite.

J'étais beaucoup plus jeune quand j'ai écrit ça, et je comprendrais que le président n'ait pas examiné sérieusement mes propositions.

Mais c'était il y a six mois, et je pense que, maintenant, je suis **qualifiée** pour choisir les astronautes — et je choisis Vicki Vézina.

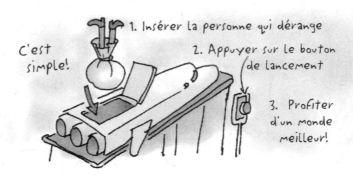

C'est simple!

1. Insérer la personne qui dérange
2. Appuyer sur le bouton de lancement
3. Profiter d'un monde meilleur!

Figure-toi qu'aujourd'hui, elle est arrivée à l'école avec un t-shirt... de **Julien Jay Fibeau!** C'est clair, elle nous espionne, JJF et moi, exactement comme elle nous espionnait quand j'étais avec FFETT.

Alors, je l'ai confrontée.

— Cool, ton t-shirt! je lui ai dit, en laissant entendre clairement qu'elle n'avait absolument pas le droit de le porter.

— Merci, elle a répondu, en faisant semblant de ne pas comprendre ce que je laissais pourtant entendre clairement.

— Tu l'aimes depuis longtemps? ai-je ajouté, en laissant entendre clairement qu'il y avait un risque très réel que je **bondisse sur elle comme un puma** et que je déchire son t-shirt avec mes griffes acérées comme des lames de rasoir.

— Nan. Je viens de le découvrir, elle a dit. (Elle ne sait peut-être pas ce que c'est, un puma?)

— Ouais, bon, ben... À plus!

Et, cette fois, j'ai laissé entendre clairement qu'en plus de faire le puma, je pourrais aussi faire le grizzly. Mais mon puma est bien meilleur, alors je ne suis pas surprise qu'elle n'ait pas remarqué mon grizzly.

Mon truc du puma

Mon truc de l'original
(Celui-là, je ne m'en sers jamais.)

Mais franchement... Qu'est-ce que c'est que cette manie de me copier comme ça, Vicki? Et ensuite, ça sera quoi?

Ma démarche sensationnelle?

Ma coiffure sensationnelle?

Mon sens de la mode sensationnel?

Mon beagle sensationnel?

Mercredi 11

Cher journal,

Écoute ça... et TIENS-TOI BIEN!

Aujourd'hui, c'est Émmilie qui écoutait du Julien Jay Fibeau sur son iPod! Comment je m'en suis rendu compte? C'est parce qu'Émmilie chante toujours à tue-tête en écoutant son iPod. Une fois qu'on a compris comment Émmilie reprend les paroles des chansons **tout de travers,** on devine assez facilement ce qu'elle écoute.

Par exemple, quand je l'ai entendue chanter « Je mets le seigle dans le sel », j'ai su tout de suite qu'elle essayait de chanter *« J'aime les aigles dans le ciel »*. C'est une des phrases du grand succès de JJF, « **J'aime les aigles dans le ciel, mais pas autant que toi, ma belle »**.

Ouais, je sais... C'est pas toujours évident. L'an dernier, elle chantait tout le temps « Les ânes dans nos montagnes ». C'est seulement quand elle a arrêté de chanter, au mois de janvier, qu'on a compris que c'était **« Les anges dans nos campagnes »**!

Un peu plus tard, en passant devant le casier d'Isabelle, j'ai constaté qu'elle avait collé une photo de JJF à l'intérieur de la porte.

Bien sûr, **je l'ai confrontée** elle aussi.

— Cool, ta photo, j'ai dit.

— Tu cherches à me faire ton truc du puma? m'a-t-elle demandé, ce qui prouve sa grande compétence pour détecter les pumas.

— **Quoi?** Mais non, je dis juste que ta photo est cool. (Ce qui était bien sûr un astucieux mensonge puisque je venais justement de le lui faire, mon truc du puma.)

Isabelle a tourné la tête de manière que le reflet de ses lunettes cache ses yeux. Elle sait toujours dans quel angle exactement placer sa tête pour qu'on ne puisse pas voir ses yeux. Or, s'il y a quelque chose qui peut faire reculer un puma, c'est bien un **visage sans yeux.**

— Alors... euh... t'es plus avec FFETT? j'ai demandé, moins pumaïesque, mais encore plus fâchée.

— Je cherche le bonheur, a-t-elle dit avec un clin d'œil.

Du moins, je présume qu'elle m'a fait un clin d'œil. Je ne voyais toujours pas ses yeux. Mais il me semble bien avoir entendu un clin d'œil quelque part là-dessous.

Au souper, ce soir, mon père m'a demandé si j'aimais toujours Julien Jay Fibeau. J'ai trouvé ça un peu bizarre parce que, d'habitude, il ne s'intéresse du tout pas à la musique **superhypercool** qui m'intéresse, moi.

Comme il est vraiment très vieux, il aime seulement une certaine catégorie de chansons — celles qu'il peut chanter en frappant sur son volant pour faire savoir aux autres conducteurs :

1. Qu'il aime la musique qu'il écoute.
2. Qu'il chante mal.
3. Que c'est des chansons pourries.
4. Qu'il a décidé **d'embarrasser sa fille à mort,** et qu'il est vraiment prêt à se décrocher le cou pour y arriver.

ON DIRAIT QU'IL A MAL, MAIS C'EST DU BONHEUR À L'ÉTAT PUR.

Mais le plus bizarre, c'est qu'il a eu l'air déçu quand je lui ai dit que je n'aimais plus JJF... Sérieusement, p'pa, **fais un homme de toi**! Tu n'as pas pu t'attacher à lui tant que ça en quelques jours, quand même?

Et puis, ma mère s'est mise à parler d'un chanteur qu'elle adorait quand elle était plus jeune, en disant qu'il était trop beau et que je l'aimerais peut-être moi aussi. Sauf que moi, aimer un chanteur dont ma mère était folle, ça me donne plutôt la **chair de poule**...

Alors, ça m'a frappée comme une tonne de briques. C'est la chair de poule qui m'a fait comprendre. Je ne sais pas pourquoi je n'avais pas vu ça avant.

Je suis meilleure que tout le monde.

Si je sais que ma mère aimait un chanteur, ça devient impossible que je l'aime, moi. Et c'est exactement pour ça — mais dans l'autre sens — que Vicki, Isabelle, Angéline et Émmilie essaient de m'imiter. Elles voudraient tellement être comme moi!

Je suis exactement comme elles, mais en mieux, et **elles le savent!** C'est pour ça qu'elles me copient. Maintenant, il ne me reste plus qu'à le prouver.

NORMAL QU'ELLES ME COPIENT!

Jeudi 12

Cher toi,

Hier soir, j'ai demandé à ma mère de me parler de ce chanteur qu'elle aimait. Il s'appelle Versus Apollo.

(Ouais... Je sais...)

J'ai téléchargé une photo de lui et je l'ai collée sur mon cahier, et ma mère était **vraiment, vraiment, vraiment, vraiment,** vraiment contente de m'aider.

J'ai aussi téléchargé quelques-uns de ses grands succès, par exemple « **T'embrasses comme une pro du rock and roll, bébé** » et « **Bébé, je veux t'embrasser, danser le rock and roll et t'embrasser** ».

Wow! On n'a pas idée de trouver des titres aussi stupides! Et puis, depuis quand est-ce qu'on écrit les mots en entier?

VERSUS

Vraiment,
maman?
Vraiment?

Ce matin, je me suis assurée que tout le monde voyait mon cahier, surtout Vicki. Son visage a fait semblant de ne pas être intéressé, mais j'ai bien vu que ses yeux faisaient de gros efforts pour voir la photo et mémoriser le nom que j'avais gentiment mis en évidence avec une de mes **recettes de brillants** les plus efficaces. C'est un mélange à parts égales de Doré féerique, d'Argent lunaire et de sucre. J'ai concocté la recette exprès pour que l'image s'imprime au fer rouge dans la mémoire. Et puis, en cas d'urgence, ça se mange.

À l'heure du midi, Angéline a ramassé mon cahier dès que je me suis assise.

— Versus Apollo?... Versus???

Elle a dit ça comme si c'était une maladie de peau.

— Ouais. **Il est incroyable!**

Je lui ai dit ça comme si j'apprenais à un chimpanzé particulièrement intelligent une chose qu'il aurait dû savoir depuis longtemps.

— C'est **lui**, ton nouveau chanteur préféré? Il a remplacé Julien Jay Fibeau?

— Ouais, ai-je répondu en me levant. On est très heureux ensemble.

J'ai essayé de la fouetter avec mes cheveux, comme elle le fait toujours, mais j'ai raté mon coup. À la place, j'ai fouetté le visage de la Brunet, la surveillante de la cafétéria qui pèse pas loin de 300 kilos.

Normalement, après avoir fouetté la Brunet avec mes cheveux, j'aurais dû être envoyée en retenue, forcée d'aider à ramasser les déchets à la cafétéria ou, au moins, prise d'une **envie irrésistible** de les brûler, ces fichus cheveux. Mais la Brunet est restée là sans dire un mot.

Pendant une seconde, je me suis sentie **mal** parce que je lui avais peut-être fait mal pour vrai. Pendant une autre seconde, je me suis sentie **bien** parce que je lui avais peut-être fait mal pour vrai.

Et puis, j'ai compris ce qui se passait réellement.

La Brunet gloussait. Mais quand on a son âge, les gloussements ne servent presque plus jamais, alors ils sont rouillés et ils grincent.

Elle regardait mon cahier avec un sourire béat. Elle regardait la photo de **Versus Apollo**.

J'ai dû me sauver avant que quelqu'un d'autre la voie. Après tout, aimer un chanteur que la Brunet a déjà adoré, ça pourrait être **désastreux** pour mon image.

— Je peux y aller? ai-je demandé.

Et elle a hoché gentiment sa tête gigantesque, qui était probablement remplie de souvenirs de l'époque où elle écoutait Versus Apollo quand elle était encore petite.

À la fin de la journée, j'ai remarqué qu'Isabelle avait enlevé sa photo de Julien Jay Fibeau et qu'Émmilie chantait quelque chose qui ressemblait à du Versus Apollo. Ou alors, elle s'était frappé un orteil. **Va savoir!...**

Mais je pense vraiment qu'elles sont en train d'adopter Versus. **Elles me copient, encore une fois!**

Et tout ça, à cause de cette photo sur mon cahier? Ou alors, est-ce qu'il y a quelqu'un qui m'espionne?

HÉ, TOUT LE MONDE, COPIEZ DONC JASMINE KELLY!

Perruque bien reconnaissable

Adorables cœurs à coudre sur votre t-shirt

Cruche de sauce d'odeur à étendre sur votre chien.

PARFUM DE BEAGLE

C'EST UNE BLAGUE. ARRÊTEZ DE ME COPIER!

Vendredi 13

Cher journal,

Ma mère avait mis un disque de Versus quand je suis descendue déjeuner ce matin.

Mon père secouait la tête au rythme de la musique. Il m'a demandé si je trouvais ça trippant ou quoi. (Oui, oui. Je te jure! Il a dit « **trippant** ». Pas de blague!)

Mon père dit aussi toutes sortes d'autres choses farfelues.

L'ENTRETIEN DES PELOUSES, C'EST RADICAL!

C'EST AUSSI CAPOTÉ QU'UNE ALIMENTATION ÉQUILIBRÉE!

GÉNIALITÉ EXTRÊME, LES JEUNES!

LA RESPONSABILITÉ, ÇA ROCKE!

MON PÈRE EST TELLEMENT DÉBRANCHÉ QUE ÇA ME FAIT MAL, PARFOIS.

Avant la première cloche, à l'école, j'ai bien vu que tout le monde fixait mon cahier, pour voir si Versus Apollo et moi, on était toujours ensemble.

J'ai secrètement jeté un coup d'œil aux alentours et j'ai vu Angéline, qui écoutait son iPod près de son casier, faire un signe à Isabelle :

Oui, oui. Exactement. Angéline a fait « V-A ».

Versus **A**pollo.

C'est ce qu'elle était en train d'écouter!
Elle m'a fait les initiales de Versus Apollo en plein visage, sans savoir que mon visage était là, en plus. Alors, dans un sens, c'est doublement insultant.

Parce que, quand tu m'insultes derrière mon dos, tu me prives de mon droit INALIÉNABLE de te lancer un regard assassin. Je ne peux pas faire ça avec mon dos – crois-moi, j'ai ESSAYÉ!

C'est le mieux que je peux faire!

Et voilà! Dès que je fais quelque chose, elles me copient. Qu'est-ce que tu veux de plus comme preuve?

Je suis totalement exaspérée, mais peut-être que ce sera ça, mon exploit de joueuse-de-violon-sur-bâton-sauteur. Je serai **la-fille-la-plus-copiée-au-monde.** Mais est-ce que ça me tente vraiment?

Je suppose que, si c'était mon titre officiel, ça me réconcilierait un peu avec l'idée. Mais si quelque chose qui te rendait exaspérée ne te dérange plus, du coup, tu deviens **désexaspérée.** Est-ce que c'est beaucoup mieux?

EXASPÉRÉ   DÉSEXASPÉRÉE

Samedi 14

Cher toi,

J'ai fait les invitations pour ma fête, aujourd'hui. Celles qu'on achète au magasin ne sont pas pires, mais quand on crée ses cartes soi-même, on envoie un message très important aux gens qui les reçoivent : « Tu comptes assez pour moi pour que je te montre ce que tu pourrais faire si tu avais **vraiment** des talents d'artiste. »

Voici à quoi ressemblent mes cartes :

Isabelle est venue m'aider parce que les exterminateurs sont chez elle. Sa mère a trouvé une **punaise** dans la chambre de ses méchants grands frères. Comme sa mère déteste tout ce qui rampe, ses frères ont dû faire le ménage de leur chambre du plancher au plafond. Ça leur a pris quatre jours. Ensuite, ils ont dû démonter leurs lits et les transporter dehors en pièces détachées pour que la mère d'Isabelle les vaporise avec de l'insecticide.

Il faudra quelques jours avant que les nouveaux matelas soient livrés, alors ses frères vont devoir dormir par terre en attendant.

D'après Isabelle, la morale de cette histoire, c'est que ses frères n'auraient pas dû manger le beigne qu'ils l'avaient vue mettre de côté pour plus tard — et que c'était la **meilleure punaise qu'elle avait achetée de sa vie.**

C'est pas tout le monde qui sait où acheter des punaises.

Isabelle a aidé à adresser les invitations et à mettre les timbres sur les enveloppes. J'avais eu l'idée géniale de faire lécher les enveloppes par Sac-à-Puces en mettant un tout petit peu de beurre d'arachides dessus, mais c'est Isabelle qui a léché le beurre d'arachides. Quand Isabelle sent du beurre d'arachides, elle se met à **baver** comme un beagle.

Pendant qu'on travaillait, Isabelle m'a posé plusieurs questions sur Versus Apollo. Elle voulait savoir qui il était et pourquoi je l'aimais. Comme Isabelle est ma meilleure amie, je me suis dit que la meilleure chose à faire, c'était de lui **mentir**.

Je lui ai dit que Versus était un guitariste autodidacte et qu'il était tellement pauvre, quand il était jeune, que sa guitare avait juste une corde. Alors, il devait constamment la resserrer et la desserrer à toute vitesse pour jouer ses chansons.

N'empêche, ça serait impressionnant!

J'ai ajouté que sa famille ne pouvait même pas lui payer de papier pour écrire sa musique. Alors, quand il composait, il plaçait des têtards sur des lignes tracées dans la poussière.

Isabelle a demandé pourquoi il ne se contentait pas de tracer les notes aussi, mais je lui expliqué qu'il devait parfois faire des changements. Maintenant que j'y repense, il aurait aussi bien pu prendre des cailloux, je suppose. Mais les têtards, ça ressemble à des notes. C'est pour ça que j'ai pensé à ça.

J'ai expliqué à Isabelle que la toute première chanson de Versus, « **C'est pas un dos de koala, fille** », a été écrite à la mémoire d'un **koala « tasse de thé »** domestiqué qu'il avait quand il était jeune, en Australie, et que sa tante avait avalé par accident en buvant dans la tasse où il dormait — le koala, bien sûr, pas Versus!

Isabelle a répliqué que les animaux miniatures qu'on appelle « tasses de thé », comme les caniches, sont baptisés comme ça parce qu'ils sont tout petits et pas parce qu'ils vivent dans des tasses de thé. Je lui ai dit qu'elle avait à peu près raison, mais que tout était différent en Australie. La preuve, c'est les labradors géants qui sautent partout, là-bas, avec leurs bébés labradors qui sortent la tête de leur poche ventrale. D'ailleurs, « kangourou », ça veut dire « labrador » en australien.

Isabelle n'a pas eu l'air parfaitement convaincue, alors j'ai ajouté qu'un jour, Versus avait été attaqué par un ornithorynque et qu'il avait dû le repousser avec, pour seule arme, un sandwich au fromage grillé. Quand la poussière australienne est retombée, il restait seulement un ongle d'orteil d'ornithorynque. Alors, pour rendre hommage à cette féroce créature, Versus s'est servi de cet ongle d'orteil pour jouer toutes les chansons qu'il a composées par la suite.

Je sais bien qu'elle pourrait vérifier tout ça, mais les recherches de ce genre-là, ça ressemble un peu trop à des devoirs au goût d'Isabelle. Alors, je suis à peu près certaine qu'elle ne le fera pas.

Quand elle est partie, elle était devenue une mégafan de Versus Apollo. **Sans même avoir entendu sa musique!**

Isabelle ne fait pas la cuisine parce que ça lui rappelle la chimie, qui lui rappelle l'école.

Isabelle ne fait pas son lit parce que ça lui rappelle la cuisine, qui lui rappelle la chimie.

Isabelle ne fait rien qu'elle n'aime pas faire parce que ça lui rappelle son lit à faire, qui lui rappelle la cuisine.

Dimanche 15

Bonjour, mon nul!

La planification du menu, pour ma fête d'anniversaire, a nécessité beaucoup de réflexion. J'ai dû choisir parmi la grande variété de choses que mes amis aiment, par exemple :

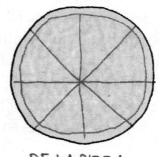

DE LA PIZZA

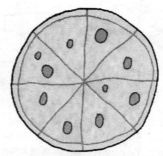

DE LA PIZZA AVEC - GENRE - UNE GARNITURE

Les adultes disent souvent que la pizza, ça n'est pas bon pour la santé. Mais quand en on analyse vraiment la composition, on se rend compte qu'au contraire, c'est un aliment **parfait**.

Une pizza, ça contient des éléments des quatre grands groupes alimentaires : des produits laitiers, des fruits et légumes, des céréales et même des fibres, si tu as la chance de trouver un cheveu dedans. En plus, c'est délicieux, comme tous les aliments ronds, et ça fait faire des maths parce que ça oblige à compter combien de morceaux tu as déjà mangés et combien tu peux en avoir de plus en fonction du nombre de personnes qui partagent la pizza.

Et si tu dis aux gens que le pepperoni, ça te fait penser aux croûtes sur les bobos, ils vont probablement te donner tout leur pepperoni. **Peut-être à vie.**

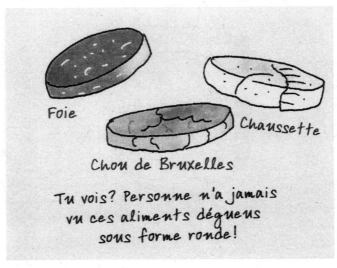

Foie

Chaussette

Chou de Bruxelles

Tu vois? Personne n'a jamais vu ces aliments dégueus sous forme ronde!

Ce qui me fait penser... Je dois me rappeler, quand je serai vieille et que je serai une mère (même si je serai sûrement une de ces mères qui sont tellement jolies qu'on est surpris d'apprendre qu'elles le sont — mères, je veux dire, pas jolies!), de toujours acheter des meubles, des tapis et tout le reste, pour ma spectaculaire maison à Hollywood, de la couleur des aliments que mes enfants auront tendance à renverser.

Je les habillerai probablement aussi dans ces couleurs-là.

Le problème, c'est qu'ils risquent d'aimer seulement le ragoût et que je ne voudrais quand même pas vivre dans une maison **couleur de ragoût.** Je devrais peut-être leur offrir seulement des aliments qui font de belles couleurs de moquette. Ou alors, des **aliments transparents.**

Maman, j'ai laissé tomber mon sandwich transparent et je le trouve plus...

C'est pas grave. Le chien transparent va le manger.

Dans le temps, on jouait à des jeux pendant les fêtes d'anniversaire, mais ça ne se fait plus tellement.

Pendant les Fêtes, en famille, un jeu comme « croque-la-pomme », ça peut toujours aller. Mais à notre niveau avancé de maturité, si je proposais par exemple de jouer à la queue de l'âne à mon anniversaire, ça serait vraiment trop **bébé lala**.

Je me demande s'il y aurait un marché pour des jeux exprès pour les fêtes d'anniversaire des préados du secondaire. Va falloir que j'y réfléchisse. C'est peut-être ça que je devrais accomplir comme exploit! Je pourrais être la première personne à inventer des **jeux pas trop poches** pour les jeunes presque adultes.

COMPÉTITION DE POSTURES DÉCONTRACTÉES

COMPÉTITION DE PLAINTES CONTRE LES PARENTS

COMPÉTITION D'ACNÉ

COMPÉTITION DE REFUS DE COMPÉTITIONNER

Ouais... Peut-être pas.

Lundi 16

Bonjour, toi!

AH-HA! (Écrit en grosses lettres très fortes.)

Aujourd'hui, pendant le cours d'arts, Mlle Angrignon nous a demandé comment nos dessins progressaient. Je me suis penchée pour rattacher mon lacet de soulier exactement à ce moment-là — brillant, hein! —, pour être sûre qu'elle n'appellerait pas mon nom en premier.

J'ai dû attacher et rattacher mes lacets plusieurs fois puisqu'elle a posé la question à plusieurs élèves avant de s'adresser PRÉCISÉMENT à celles que j'attendais...

Si tu restes en dehors du champ de vision des profs, ils finissent par oublier que tu existes.

ENFIN, elle a demandé à Vicki. Et Vicki a répondu qu'elle avait encore changé d'idée et qu'elle avait décidé de faire un dessin de Versus Apollo. Angéline et Isabelle ont fait « oui » de la tête. Émmilie, elle, s'est juste penchée pour me chuchoter qu'elle pouvait m'aider à attacher mes lacets plus vite.

Mlle Angrignon a eu un petit rire parce que c'est une **prof expérimentée** et que les profs expérimentés savent que, s'ils ont un petit rire quand il y a un élève qui dérange, ils ne se feront pas mettre à la porte, ce qui pourrait arriver s'ils crient après cet élève. Et puis, les profs expérimentés ont appris à désactiver la partie de leur cerveau qui accorde de l'importance à la plupart des choses.

Mlle Angrignon m'a regardée et elle a levé les sourcils très haut au-dessus de ses yeux tellement bien maquillés qu'ils ressemblent à des « o » entre parenthèses. (o) (o). (Sauf qu'il faut mettre les parenthèses dans l'autre sens.) Son expression laissait entendre clairement sa question : « **Jasmine, as-tu changé d'idée toi aussi?** »

Yeux entre parenthèses mises dans le bon sens

83

Alors, j'ai répondu très doucement :

— En fait, oui.

Et j'ai ajouté encore plus doucement :

— Moi aussi, je fais mon affiche sur Versus Apollo.

— Versus? a demandé Mlle Angrignon.

— Oui.

Je suis à peu près certaine d'avoir entendu griller quelques neurones. Tout le monde sait que je suis une fille **branchée, toujours à la fine pointe de la mode,** alors, c'était sûrement très surprenant que j'aime encore le même chanteur depuis si longtemps. **(Cinq jours!)**

— Comme tu veux, a dit Mlle Angrignon.

Je suppose que ce ne sont pas ses neurones à elle que j'ai entendus.

Je me suis rassise et j'ai commencé à faire des petites esquisses dans la posture traditionnelle qui sert à dire aux autres qu'ils ne doivent pas essayer de voir ce que je fais, mais qui a toujours **l'effet contraire.**

Il n'y a rien qui dit « Venez voir ça »

mieux que

« Vous n'avez pas le droit de voir ça »!

Finalement, Angéline est venue me voir et s'est mise à me poser des questions.

Elle : Alors, c'est **Versus Apollo**, hein?

Moi (l'air ingénue) : Oui.

Elle : C'est plus Julien Jay, alors?

Moi (l'air encore plus ingénue — **oui, oui, je t'assure!**) : **Versus Apollo.**

Elle : Et pas FFETT?

Moi : **Versusss!**

Et je lui ai souri avec toute l'ingénuité que j'avais d'entreposée dans le visage, ce qui est énorme parce que mon visage est comme un chameau d'ingénuité qui peut conserver une tonne d'ingénuité dans ses bosses d'ingénuité.

Trop ingénue!

Alors, Angéline m'a regardée exactement comme certains profs (**et tous les policiers**) regardent Isabelle — comme si je lui cachais quelque chose. J'ai trouvé ça insultant, parce que je ne lui cache rien. Sauf ce que je veux bien lui cacher...

Si tu étais vraiment mon amie, Angéline, tu me croirais quand je te dis des choses — qu'elles soient **vraies** ou **non**.

En tant qu'amie, tu es légalement

OBLIGÉE DE CROIRE

- Que j'ai déjà vu un OVNI.

- Que c'était mon dernier morceau de gomme.

- Que je suis à peu près certaine d'avoir vu le premier ministre en short dans une station-service.

- Et puis, fiche-moi la paix avec cette gomme, je t'ai déjà dit que c'était mon dernier morceau!

L'HONNÊTETÉ MÊME

Quand je suis rentrée à la maison, ma mère m'a demandé si je voulais écouter une nouvelle chanson de Versus Apollo. J'ai dit que oui, bien sûr, parce qu'il est le meilleur et qu'il a à peine l'air d'un **bizarroïde dégénéré** sur les couvertures de ses disques.

J'aurais dû m'arrêter après « **bien sûr** » — d'ailleurs, c'est probablement ce que je vais faire à l'avenir — parce que, même si je suis dans ma chambre avec la porte fermée, ma mère fait jouer sa musique tellement fort que j'en ai mal aux oreilles. Mais j'ai encore plus mal au nez parce que ça fait péter les chiens, cette musique! En fait, ça sent ce que sentiraient probablement les chansons de Versus Apollo **si on pouvait les sentir.**

Mardi 17

Cher nul,

On s'entend, je fais seulement semblant d'aimer Versus. C'est pour ça que je t'écris sans faire de bruit. Je dois cacher l'identité de mon nouvel amour musical à **tu-sais-qui**, sans quoi je vais devoir **tu-sais-quoi** dans son **tu-sais-où**.

En fait, je n'ai aucune idée de ce que ça serait, ce **tu-sais-quoi et ce tu-sais-où**, mais ça me paraît juste assez menaçant comme ça. Le **tu-sais-qui**, bien sûr, c'est Angéline. Ou peut-être Vicki. Ou Isabelle. Ou Émmilie. Ou toutes les quatre, et bien d'autres aussi.

Je devrais donc dire des « **tu-sais-qui** », je suppose.

Je soupçonne simplement tout le monde.

Je tiens à déclarer publiquement que mon nouvel amour musical, c'est les **Trois Barbus** – ce qui est un peu étrange parce que je suis à peu près sûre que les gars du groupe ne se rasent pas encore. Ils sont beaux (comme des gars qui seraient beaux aussi s'ils étaient habillés en filles) et ils chantent à peu près bien, et parfois, on les voit à des émissions de télé pas complètement nulles, alors je pense que je n'aurai aucune raison d'avoir honte quand je vais révéler que c'est MON GROUPE pendant le cours d'arts.

Les Trois Barbus

Je vais attendre lundi prochain pour annoncer mon changement, pour que les copieurs et les copieuses de ce monde n'aient tout simplement pas assez de temps pour changer leurs dessins.

Je me fiche pas mal de ce qu'ils feront une fois qu'on aura fini, puisque Mlle Angrignon affichera nos dessins dans le couloir. Alors, tout le monde saura que les Trois Barbus sont à **moi, et seulement à moi.**

L'accrochage dans le couloir, c'est ce qui rend la chose officielle. C'est comme si tu te mariais avec ton dessin.

Il en a de la chance, ce dessin!

Tant que je ne le dis à personne, ce groupe est à moi. Et comme tous les autres dessins porteront sur des groupes ou des chanteurs différents, les Trois Barbus seront à moi pour toujours, pour le meilleur et pour le pire.

En ce moment, cher nul, je suis prise d'un rire **totalement dément et maniaque.** C'est vraiment dommage que tu n'aies pas d'oreilles pour m'entendre.

Mais attends! Je vais te dessiner des oreilles.

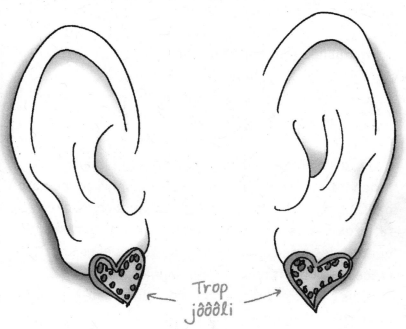

Trop jôôôli

Tu vois? Dément et maniaque.

Mercredi 18

Cher journal,

Ouais... J'ai donc passé secrètement quelque temps avec les Trois Barbus dans les oreilles, aujourd'hui. J'ai travaillé très fort pour aimer leurs chansons, parce que c'est ça, une relation, hein? **Il faut parfois faire un effort.**

Leur plus grand succès s'intitule « **Mon petit gâteau** ». Et voici ce que ça dit :

Hé, bébé, faut pas être gênée.
Il est mignon comme tout, ton acné.
On dirait des rosettes de glaçage
Sur ton adorable petit visage.

Je sais bien qu'au début, ça peut avoir l'air très touchant et plein de bons sentiments. Mais ça me paraît aussi un peu **artificiel**, comme si leurs chansons ne reflétaient pas vraiment ce que le parolier ressentait quand il les a écrites. On dirait plutôt qu'elles ont été créées seulement pour faire pâmer les filles.

Mais c'est très bien comme ça, non? Hein? N'est-ce pas? On s'entend, hein?

Disons que oui, d'accord? C'est beaucoup mieux que FFETT, d'accord? D'ACCORD???

Jeudi 19

Bonjour, toi!

Le jour du pain de viande.

Je me suis assise à la cafétéria avec mon plateau et, après avoir essayé d'avaler quelques bouchées, j'ai senti qu'Angéline me regardait avec insistance. En souriant. Vicki me souriait aussi. Et même la Brunet.

Et puis, j'ai entendu un bruit comme un rhinocéros que quelqu'un tirerait par la queue pour le faire sortir d'un égout. En musique.

— Qu'est-ce que c'est que ÇA???

Ça a l'air que la Brunet, encouragée, j'imagine, par le nombre d'élèves qui avaient écrit le nom de Versus Apollo sur leurs cahiers, sur leurs mains et sur leurs jeans, nous avait préparé une petite surprise. **Elle nous a joué du Versus Apollo à la cafétéria.**

Comme je suis censée être sa plus grande fan de tous les temps, et tout et tout, j'aurais évidemment dû reconnaître les chansons de Versus. Angéline a immédiatement fait remarquer que je n'avais pas l'air de les connaître. Elle m'a demandé sournoisement :

— Tu reconnais pas ton **Versus**?

— Oh, bien sûr! Évidemment. J'étais juste un peu distraite...

Tout en parlant, je lui ai montré la Brunet, qui remuait maintenant son impressionnant postérieur de gauche à droite. On aurait dit deux barils de cornichons accrochés à une grue.

Pourtant, Angéline n'avait toujours pas l'air de me croire tout à fait, et je me demande bien pourquoi. Écoute... **Tout le monde** était distrait par la Brunet! On pouvait presque entendre tous les élèves de la cafétéria prier en secret pour ne jamais, jamais, JAMAIS vieillir.

Décomposition du mouvement   *en petits bouts*

Je me suis mise à secouer la tête au rythme de la musique (c'était facile, avec les haut-le-cœur et les haut-le-corps provoqués par le pain de viande) en prenant mon expression « **Super, cette musique!** » tandis qu'Angéline prenait son expression « **Je suis pas sûre de te croire** » et qu'Émmilie, elle, avait l'air de dire « **J'ai de la bouffe sur le visage** ».

Autres expressions bien connues...

« Non, je ne dors pas! » (très utile en classe)

« Youpi, c'est le jour des photos de classe! »

« Merci, grand-maman, pour le soutien-gorge de sport! »

« C'est pas bientôt fini, cette histoire de soutien-gorge de sport? »

Vendredi 20

Cher toi,

Mlle Angrignon veut qu'on travaille à nos dessins **seulement à l'école**. Elle refuse qu'on les apporte à la maison. Parce qu'alors, il faudrait qu'elle trouve quelque chose à nous enseigner pendant le cours d'arts. Et, quand un prof est forcé d'improviser une nouvelle leçon comme ça, sans préparation, je te jure que ce n'est pas beau à voir. La dernière fois, elle nous a simplement lu les noms de toutes les couleurs de crayons qu'il y avait dans sa boîte.

Donc, j'ai travaillé dans la classe de Mlle Angrignon pendant l'heure du dîner, plutôt que d'aller manger à la cafétéria. Mlle Angrignon m'a donné la permission parce que je lui ai expliqué que j'avais un peu de **travail supplémentaire top secret à faire**. Et aussi parce que je suis à peu près sa meilleure élève.

Quand je lui ai demandé la permission, elle a dit « Oui, bien sûr ». Ou peut-être « Avec grand plaisir, Jasmine ». Ou plus probablement « Je m'en fiche pas mal ».

Sépia, Indigo, Pervenche, Pain de viande, Fuchsia, Écarlate...

En tout cas... Il faut que j'ajoute des **caractéristiques particulières** à mon dessin, pour déjouer les copieurs, et surtout les copieuses, alors je dois faire une partie du travail en secret. Et — non! — je ne peux pas te dire exactement ce que c'est, parce que je ne suis pas sûre qu'une de ces copieuses ne pourrait pas entrer dans ma chambre et lire **mes plans secrets,** comme la fois où Isabelle t'a lu et où elle a dit à tout le monde qu'un jour, je n'avais plus de sous-vêtements propres, alors j'ai mis des bobettes de ma mère pour aller à l'école et j'ai eu l'impression d'avoir une nappe entre les jambes toute la journée.

NON!
DÉSOLÉE, MON CHER,
MAIS TU NE PEUX PAS
VOIR MES
CARACTÉRISTIQUES
SECRÈTES!

Oh! À propos de dessous éléphantesques, j'ai quelque chose d'intéressant pour toi. Mais c'est assez cauchemardesque. Je n'arrive pas à m'enlever de la tête les images de la Brunet en train de danser. Et de sourire. Ce n'est que quand un Sasquatch se met à **danser devant toi en souriant** que tu regrettes le temps où il te montrait les dents.

Je pourrais être la plus jeune personne à trouver un Sasquatch et à l'empêcher de danser pour toujours. Imagine la gratitude des créatures de la forêt!

Je te parie que cette fichue petite joueuse-de-violon-sauteuse-sur-bâton ne pourrait **pas faire mieux!**

Samedi 21

Bonjour, full!

Ce matin, mon père m'a secouée pour me réveiller en disant que je parlais dans mon sommeil. Il paraît que je marmonnais quelque chose sur **le meilleur groupe au monde**, mais mon père n'avait pas compris ce que je disais, alors il voulait savoir.

Je lui ai dit que je ne me rappelais pas mon rêve parce qu'une espèce de fou l'avait interrompu en me réveillant.

Il s'est excusé et il s'est assis sur une chaise à côté de mon lit en m'ordonnant de me rendormir et de refaire le même rêve, en parlant encore une fois en dormant, mais « **plus clairement** s'il te plaît, cette fois-ci ».

Il existe des cas de folie et des cas de PÈROFOLIE.

La pèrofolie, ce n'est pas n'importe quelle sorte de folie. Tu sais que ton père fou n'est probablement pas dangereux, mais tu sais aussi que tu ne peux pas le raisonner.

Un fou ordinaire — comme quelqu'un qui se prend pour un hamster, genre —, tu peux toujours le raisonner. Tu lui trouves une boule dans laquelle on met les hamsters pour les faire rouler par terre, et tu l'invites à jouer dedans. Après une vingtaine de minutes, quand il aura compris qu'il n'arrive même pas à y faire entrer sa grosse tête d'humain, il sera probablement prêt à accepter **qu'il n'est pas un hamster.**

Mais les pères n'obéissent pas à ce genre de logique. Un père qui se prend pour un hamster te dira que c'est ta boule qui est défectueuse. Et puis, il te proposera de t'accompagner à l'animalerie pour en trouver une qui fonctionne, sans même tenir compte du fait qu'un hamster, ça ne peut pas conduire. Ni acheter des choses. Ni employer des mots comme **« défectueuse »**.

J'aurais pu essayer d'expliquer à mon père pourquoi je ne pouvais pas — juste comme ça — tomber endormie, rêver et parler sur commande. Mais non. La meilleure chose à faire, dans un cas comme ça, c'était de me recoucher, de fermer les yeux et de marmonner : « Versus Apollo est le meilleur chanteur au monde. »

Mais ça n'a pas été facile parce que j'ai bien failli révéler ce que je pensais vraiment de Versus en prenant une expression totalement dégoûtée.

Mon père a crié « OUI! » et il est sorti de ma chambre pour aller faire le fou ailleurs. C'était d'ailleurs tout ce que je voulais : **lâcher mon fou.**

FOUBRACVILLE

Hé! Ça pourrait être ça, ma spécialité! Peut-être que, d'ici mon anniversaire, je pourrais m'autoproclamer la plus jeune pèropsychologue au monde. Alors, les gens m'amèneraient leur père pour que je le guérisse de sa pèrofolie.

QUELQUES EXEMPLES DE PÈROFOLIE

LA CONVICTION QUE LA VIANDE EST UN LÉGUME.

LA CONVICTION QUE LES VÊTEMENTS, ÇA DURE TOUJOURS ET QUE ÇA N'A JAMAIS BESOIN D'ÊTRE REMPLACÉ.

LA CONVICTION QUE LA VIANDE EST AUSSI UN DESSERT ET UN MÉDICAMENT.

Dimanche 22

Cher nul,

Angéline a téléphoné pour me dire qu'elle viendrait à ma fête. Je le savais déjà. Les gens aussi beaux qu'Angéline cherchent toujours des foules pour montrer leur beauté. On voit rarement les gens beaux **complètement seuls**. C'est parce que le contraste avec les gens laids leur fait plaisir.

Elle m'a demandé si j'avais acheté de nouvelles chansons de Versus Apollo, et je lui ai dit que je les avais déjà toutes et que j'attendais la sortie de son prochain disque.

Alors elle m'a demandé si je croyais qu'il serait bon en spectacle, et j'ai répondu :

— Oh, oui! Totalement! **Oh là là! Es-tu sérieuse? Il doit casser la baraque chaque fois!**

Et j'ai ajouté que j'irais sûrement le voir en spectacle d'ici la fin de l'année. Alors elle m'a demandé si je pensais que sa canne ou sa calvitie pourraient gâcher mon plaisir. Ou le fait qu'il était mort.

Versus?

MORT?

Ouais...

Apparemment, M. Apollo a passé l'arme à gauche il y a des années et personne n'a eu la politesse d'arrêter de faire jouer ses chansons comme s'il était encore vivant.

Avant que je puisse trouver une **excuse génialement brillante**, Angéline m'a demandé si je pensais que Julien Jay Fibeau serait bon en spectacle. J'ai dit qu'il serait super s'il n'était pas mort, parce que j'étais devenue un peu paranoïaque.

Angéline s'est mise à rire.

— Mais non, il n'est pas mort! Donc, ce n'est pas vraiment Versus que t'aimes. Et c'est pas JJF non plus...

Elle a paru réfléchir un instant.

— **Hmmmm.** Bon, ben, je te vois demain, a-t-elle conclu.

VERSUS
APOLLO

OK MA
MUSIQUE ÉTAIT
PLUTÔT NULLE

Tu vois? Angéline veut tellement me ressembler qu'elle ne se contente pas de copier ce que je dis et ce que je fais. Elle essaie de m'ouvrir le crâne pour voir ce qu'il y a dedans. Elle veut me copier jusqu'**au plus profond du tréfonds.**

Ce qui m'amène à me demander si elle est vraiment aussi belle qu'elle en a l'air. Peut-être qu'elle est laide, en réalité, et qu'elle imite seulement une belle fille.

LE SECRET D'ANGÉLINE

1. ELLE A VU UNE BELLE FILLE.

Angéline

2. ELLE L'A COPIÉE D'UN BOUT À L'AUTRE.

3. ELLE VA VIVRE TOUTE UNE VIE DE MENSONGE.

Tiens, tiens... Elle vient de me donner quelques autres idées pour des jeux de fête.

« Qui a craché sur quel gâteau? »

« Épingle la queue sur l'âne »

« Piñata Poupée »

« Épingle l'âne sur la blonde »

Lundi 23

Cher toi,

C'est aujourd'hui qu'on devait remettre nos dessins sur nos musiciens préférés. Sauf qu'au tout début du cours, j'ai levé la main pour demander si je pouvais avoir encore un peu de temps parce que je n'avais pas tout à fait fini. J'avais caché mon dessin dans un grand sac à déchets, **à l'abri des regards copieurs.**

Mlle Angrignon a dit oui. Je l'aime beaucoup, Mlle Angrignon, parce qu'elle est un peu paresseuse. Quand un prof est paresseux comme ça, c'est super. C'est comme une poire mûrie à point.

Qui ne sera bientôt **plus bonne à rien.**

Nouveau prof pas mûr

Prof parfait

Prof à la retraite

Alors, évidemment, Angéline a levé la main pour demander plus de temps elle aussi, et puis Vicki, Émmilie et Isabelle ont fait la même chose.

Mlle Angrignon a l'habitude de ce genre de demande et elle s'est contentée de hocher la tête. Elle leur a donné à toutes jusqu'à jeudi et elle est allée piger dans son gros bol de bonbons à la menthe, qu'elle ne partage jamais avec nous et qui sont sûrement, en réalité, des aspirines géantes.

Elles ont tellement besoin de me copier **qu'elles vont attendre que je remette mon dessin pour finir le leur.**

Alors, pour les faire tomber un peu sur le derrière, j'ai remis le mien tout de suite.

J'ai dit :

— **Oh,** j'avais oublié! J'ai plus besoin de temps, finalement. Mon dessin est prêt.

Et j'ai sorti ma superaffiche des Trois Barbus du sac à déchets dans lequel je l'avais cachée.

Oh, oh! Tout le monde pensait que ça serait ce vieux débris mort de Versus Apollo! Mais non, mais non, mais non.

MAIS NON!!!

Les yeux d'Angéline ont bien failli lui sortir de la tête, mais elle s'est reprise tout de suite et elle a dit :

— Les Trois Barbus? Eh ben! Quelle coïncidence!

Et elle a vite retourné son affiche pour cacher son dessin de Versus Apollo.

J'ai ri d'un joli petit rire.

— Moi aussi, je fais **mon dessin** sur les Trois Barbus, a ajouté Angéline.

Et puis, exactement comme je l'avais prédit, Vicki, Émmilie et Isabelle ont toutes sorti le même mensonge, en retournant elles aussi leurs dessins de Versus Apollo.

— SUPER!

J'ai dit ça d'une voix tellement convaincante que j'ai probablement déclenché **le détecteur de grands acteurs**, au bureau des oscars. Et j'ai ajouté :

— On est comme une grande famille de joyeuses fans des Trois Barbus.

VITE! REMETTEZ CET OSCAR À JASMINE KELLY!

J'ai demandé à Mlle Angrignon si je pouvais l'aider à accrocher nos dessins dans le couloir, et elle m'a dit qu'elle m'avertirait quand elle serait prête à le faire.

Hmmmm... Tu vas voir... Ça va être... **intéressant!**

Je sais, je sais, ce n'est pas bien d'avoir des secrets pour son journal intime, mais tu vas devoir me faire confiance pour cette fois. De toute manière, qu'est-ce que tu peux y faire? Me couper avec le bord d'une de tes pages?

Mardi 24

Bonjour, journal!

Et voilà. Comme je l'avais prévu, les Trois Barbus ont conquis toute l'école. La nouvelle s'est répandue à toute vitesse, et quand tout le monde a su que c'était mon nouveau groupe préféré, les visages des trois gars sont apparus absolument partout, depuis le labo d'informatique jusqu'aux toilettes des garçons, qui sentent aussi bon qu'une noce d'orangs-outans.

Il y avait un tas d'élèves, le iPod vissé sur la tête, qui secouaient la tête au rythme des chansons plutôt affreuses des Trois Barbus, et Émmilie avait déjà créé un autre de ses t-shirts personnalisés.

En gros, je dirais que c'était une **journée Trois Barbus**.

Mais le plus bizarre, c'est que, quand je suis rentrée à la maison, ma mère avait l'air d'être au courant elle aussi. Mon père, lui, m'a demandé avec un grand sourire de **pèrofou** si j'avais écouté de nouvelles chansons radicales des Trois Barbus aujourd'hui.

Et puis, il **m'a nommé quelques titres.**

Il m'a demandé si j'avais écouté « **Fille, T belle comme 4 derrières de chiots, mais pas 5 parce que ça serait bizarre** » ou peut-être « **Ta crème anti-boutons sent le clair de lune** ».

COMMENT mon père a-t-il pu entendre des chansons des Trois Barbus? Mystère... Mais je parle probablement au nom des jeunes du monde entier quand je dis qu'il faut limiter l'accès des parents à la radio.

À moins que mes parents aient lu mon journal???

On ne devrait jamais non plus laisser les parents voir des gens danser...

Ça pourrait leur donner l'idée de danser eux aussi.

Mercredi 25

Cher toi,

Je me demande si les Trois Barbus auraient été prêts à endurer toutes ces heures à suivre des cours de musique et tous ces mois épuisants en tournée, à chanter des chansons stupides, s'ils avaient su que leurs visages de bébés souriants allaient se retrouver sur le t-shirt de Vicki Vézina.

Même Isabelle avait collé une photo d'eux sur son cahier. À l'heure du lunch, je n'ai pas pu m'empêcher de lui demander pourquoi.

— Alors, t'es une **fan des Trois Barbus**, hein?

— Sais pas.

Et elle a recommencé à faire des trous dans son sandwich avec ses doigts. (Elle aime mieux ça quand ses sandwiches ont l'air d'avoir été **poignardés**.)

Et puis, Émmilie est venue s'asseoir avec nous en souriant. Elle avait écrit « Trois Barbus » sur sa main.

Donc, je lui ai demandé si elle était une fan des Trois Barbus, et j'ai dû répéter ma question quatre fois parce qu'elle ne comprenait pas de qui je voulais parler.

Angéline est arrivée ensuite, suivie (comme toujours) de son impressionnant fan club.

Elle a pris une bouchée de son sandwich, qui était probablement à lui seul un repas parfaitement équilibré préparé juste pour elle par des petits **cuisini-pidons au paradis des sandwiches.** Puis elle a dit :

— Les Trois Barbus.

Et elle a fait un grand sourire. Mais là, un GRAND sourire! Et puis, ses yeux ont souri, et ses narines ont souri, et ses oreilles ont souri.

— Oui.

J'ai dû dire ça exactement comme ça, en toutes petites lettres minuscules, parce que les sept sourires d'Angéline se sont effacés en même temps.

Vicki, Émmilie et Isabelle ont toutes remarqué que les sourires d'Angéline avaient disparu instantanément parce que, quand Angéline cesse de sourire, ça fait comme si tu passais du plein soleil à l'ombre humide et froide.

Angéline a pris une autre bouchée de son sandwich-pas-de-croûte et l'a mastiquée lentement, en me surveillant de ses yeux bleu clair soupçonneux. J'avais l'impression qu'ils me découpaient en petits morceaux comme des **rayons laser bleu clair.**

Les rayons laser sont laids et débiles.

Jeudi 26

Allô, nul!

Mlle Angrignon m'a demandé si je pourrais l'aider à accrocher nos dessins après l'école, aujourd'hui. Alors, je me suis organisée avec tante Carole pour qu'elle me reconduise à la maison quand on aurait fini.

J'ai demandé à Émmilie de nous aider aussi, parce que c'est la seule personne sur qui je peux compter pour être **parfaitement stupide.** Pour ça — mais seulement pour ça —, on peut se fier à elle!

Mlle Angrignon n'a pas accroché les dessins très adorablement parce qu'il n'y avait pas de profs masculins ni de concierge dans le couloir. Elle nous a permis de nous servir de son **précieux ruban gommé précieux,** mais seulement si elle tenait le rouleau elle-même. Comme la plupart des profs, Mlle Angrignon a quelques objets qu'elle chérit par-dessus tout et qu'elle protège jalousement contre les élèves. Et le plus chéri de tous, c'est son ruban gommé.

À chaque école, il y a UNE PAIRE de ciseaux qui coupe bien.

Les profs **ne** l'admettront **jamais** et ne te laisseront jamais t'en servir.

Après une quarantaine de minutes, on avait tout fini. Mlle Angrignon nous a remerciées de l'avoir aidée et nous a dit bonsoir.

Mais, avant de partir, je me suis arrêtée une petite seconde devant mon affiche. J'ai examiné le magnifique dessin que j'avais fait des Trois Barbus, sur le carton **ultra ultra ultramince** que Mlle Angrignon nous avait distribué.

Et maintenant, le voici, le secret que je n'avais pas voulu te révéler, mon beau nul!

Eh oui! Il est **vraiment** mince, ce carton. Tellement mince, en fait, qu'on ne remarque pas nécessairement tout de suite si on en tient une feuille ou deux. Et si quelqu'un — disons une jeune et jolie brune astucieuse du secondaire que je connais bien — en colle soigneusement deux feuilles l'une par-dessus l'autre avec quelques minuscules gouttes de colle ici et là, il y a de très bonnes chances qu'une prof d'arts réputée pour sa distraction chronique et légendaire ne s'en rende même pas compte.

Et **plus tard**, si cette jeune et jolie brune astucieuse du secondaire décolle la feuille du dessus de celle du dessous, elle pourra révéler...

GRATT
GRATT
GRATT

Tout un suspense, hein?
(fabuleuse bague ajoutée pour intensifier
l'intensité dramatique)

EXACT! SON AMOUR MUSICAL : FFETT! MOUAH-AH-AH-AH-AH-AH-AH-AH!!!!

Et ça n'était pas n'importe quelle affiche. C'était un exemple magnifique et fabuleux de ce qu'on peut faire quand on aime vraiment un groupe et qu'on veut faire baver les copieurs et les copieuses. **Si je peux me permettre de le dire moi-même...**

Émmilie est restée là à admirer l'affiche pendant une bonne minute. Et puis, elle a dit, avec sa gentillesse et sa sincérité inimitables :

— Mon pied me gratte.

Je ne savais pas si c'était un compliment ou quoi, mais disons que oui.

T'as des ongles comme des champignons.

Ça goûte l'éternuement.

Est-ce que quelqu'un d'autre entend le caramel?

Ça sent la moquette neuve.

On suppose que c'est des compliments.

Je suis désolée d'avoir dû te cacher ce petit détail de mon plan, mon cher nul, mais j'avais peur qu'Isabelle te lise encore une fois et qu'elle découvre le pot aux roses.

Isabelle a appris **plusieurs de mes secrets** en lisant mon journal.

LES PRINCIPAUX SECRETS
QU'ISABELLE A DÉJÀ APPRIS

Je suis convaincue qu'il y a des tueurs qui se cachent dans mon sous-sol, mais heureusement, ils ont très peur des ampoules électriques.

Un jour, j'ai pété tellement fort que le père Noël du centre commercial a démissionné.

J'étais tellement grosse, quand j'étais bébé, que quelqu'un m'a déjà prise pour un sharpeï.

Mon père avait rapporté des mets chinois pour le souper — mes préférés. J'étais tellement de bonne humeur que je n'ai même presque pas eu mal au cœur quand il s'est mis à brailler avec les Trois Barbus, dont une chanson jouait à la radio.

Il y a plein de gens qui vont bientôt avoir droit à une leçon très importante sur le copiage de Jasmine. Surtout Angéline.

Ils vont devoir vivre avec le fait que je suis comme eux, **mais en mieux.**

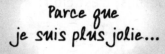

Parce que je suis plus jolie...

Que mon cerveau est plus intelligent...

Et que mon cerveau est plus joli.

Ce soir, je vais célébrer ma victoire sur les copieurs et les copieuses de ce monde en faisant la liste des chansons que je veux faire jouer à ma fête. C'est FFETT qui va être en vedette, bien sûr, et je vais peut-être ajouter quelques autres groupes, même s'ils ne sont pas aussi bons.

Je pourrais inclure une chanson de Julien Jay Fibeau, mais seulement pour me précipiter vers l'appareil et donner tout un spectacle en lui fermant la boîte. Et je pourrais faire la même chose avec Versus Apollo. Je ne sais pas.

En tout cas, on s'entend qu'on n'écoutera PAS les Trois Barbus, c'est clair!

TOUT LE MONDE DEVRAIT AVOIR UN MARTEAU À MUSIQUE!

Vendredi 27

Bonjour, toi!

Ce matin, pendant que je rangeais mes affaires dans mon casier avant le début des cours, Angéline s'est précipitée sur moi et m'a demandé d'un air mauvais :

— C'est quoi, cette affiche???

— Quelle affiche?

Tout en lui parlant, je me suis éloignée un peu de la porte de mon casier pour qu'elle puisse voir tous les objets de FFETT que j'avais collés dedans.

— Mais t'étais en amour par-dessus la tête avec les Trois Barbus!

Ses narines immaculées étaient dilatées de rage, tout en gardant leurs proportions parfaites.

— Les Trois Barbus? Mais ils sont horribles!

— Je le sais, ça! a glapi Angéline.

J'ai baissé les yeux sur son cahier, où elle avait collé une photo du plus répugnant des Barbus.

Et elle est partie, **dans un nuage de colère**. J'ai trouvé ça plutôt rafraîchissant, comparé au nuage d'arcs-en-ciel et de gentils oiseaux des forêts qui la suivent habituellement pour replacer sa robe de bal, son diadème et tout son bataclan.

Un peu plus tard, j'ai remarqué que beaucoup de casiers sur lesquels il y avait des photos des Trois Barbus, de Julien Jay Fibeau ou de Versus Apollo avaient perdu leurs décorations. On aurait dit que toute une culture venait de se faire anéantir par un gigantesque météorite et que les survivants ne savaient pas trop par quoi la remplacer. Ce qui me fait dire que les gigantesques météorites sont beaucoup **plus sympas** que je le croyais.

À l'heure du lunch, Vicki ne trimballait même plus son iPod, et elle portait un chandail à capuchon sur son t-shirt. On pouvait tout juste apercevoir les Trois Barbus qui lançaient des regards pathétiques en haut de la fermeture à glissière, comme pour dire « **Jasmine, s'il te plaît! Aide-nous! Redonne-nous notre cool!** »

Alors, j'ai regardé solennellement le t-shirt et j'ai répondu tranquillement « **non** ».

Ma mère était d'humeur massacrante quand je suis rentrée à la maison, et mon père n'est arrivé que quelques heures après le souper.

Sac-à-Puces et Pucette se cachaient sous les meubles, probablement parce qu'avec leur instinct canin, ils avaient compris que les Trois Barbus avaient été rejetés avec une telle force qu'ils risquaient de blesser quelqu'un **en tombant de leur piédestal.**

En plus, quand ma mère est de cette humeur-là, on a tous un peu tendance à se cacher sous les meubles.

Je ne sais pas trop pourquoi ma mère était exaspérée, mais comme c'est une adulte, ça peut seulement être :

1. **Une mauvaise humeur parfaitement justifiée.**

2. **Une mauvaise humeur parfaitement injustifiée.**

À la fin de la soirée, mon père est venu me souhaiter bonne nuit dans ma chambre.

Il a dit : « Grosse journée demain. »

Alors j'ai crié : « C'est ma fête! »

Et il a répété : « Oui, c'est ta fête! »

Il souriait, mais il avait quand même l'air un peu FFETT.

Le cri de la fête d'anniversaire est tellement aigu que seuls les chiens et les parents peuvent l'entendre.

Samedi 28

Cher toi,

AUJOURD'HUI ON A FÊTÉ MON ANNIVERSAIRE.

Isabelle est venue, bien sûr, et Émmilie. Henri Riverain représentait les beaux gars, et Gaston représentait les gars qui ont déjà été laids, mais qui ont été transformés — comme par magie — en gars un peu moins laids.

Margot la castorette-mâchonneuse-de-crayons était là. C'était rassurant parce que, si jamais la fête avait été envahie par des **créatures crayoniennes géantes,** elle aurait pu s'en occuper.

Michel Pinsonneau est venu aussi. Ça m'avait fait un peu drôle de l'inviter parce que je le déteste, mais pour une raison ou pour une autre, je trouvais qu'il avait sa place parmi nous. C'est comme le bout de persil, sur les assiettes au restaurant, que personne ne veut et que personne ne mange, mais qui rend l'assiette plus complète. C'est peut-être ça qu'il est, Michel, en réalité : une **créature bout-de-persillenne.**

Nadia est venue, et notre amie Élisabeth la fontaine, qu'on n'appelle pas Élisabeth la fontaine quand elle est là, bien sûr. Elle est née avec des **chaudières** là où le reste de l'humanité a seulement de minuscules glandes salivaires. Il faut savoir bouger vite si tu ne veux pas te faire arroser quand elle parle.

J'ai eu un choc en voyant Vicki arriver. C'est sûrement Isabelle qui lui a adressé une invitation quand elle est venue m'aider à préparer la fête.

Mais comme j'ai déjoué absolument tous les copieurs et toutes les copieuses grâce à mon **plan brillant** pour leur faire croire que j'adorais les Trois Barbus, je ne me sentais plus aussi agressive envers Vicki.

Et puis, j'ai remarqué que j'ai toujours tendance à me calmer quand je reçois un cadeau.

On a mangé de la pizza, de la crème glacée et du gâteau, et puis tout le monde a voulu que **j'ouvre mes cadeaux**.

Le premier, c'était un CD des Trois Barbus. J'ai souri et j'ai dit merci, et puis j'ai ouvert un autre CD des Trois Barbus.

Ensuite, j'ai eu un t-shirt des Trois Barbus et une serviette de bain des Trois Barbus.

J'ai reçu aussi des crayons des Trois Barbus, de la part de Margot, et une corbeille à papiers des Trois Barbus de la part d'Émmilie.

Même Isabelle m'avait apporté quelque chose des Trois Barbus.

Alors, j'ai compris. Je m'étais moi-même jetée **dans le piège des Trois Barbus**. Tout le monde pensait que je les adorais. J'avais sous les yeux la plus grande collection d'objets trois-barbusiens que j'avais vus de ma vie. Tout ça était à moi, et c'était **entièrement ma faute!**

Isabelle s'est penchée vers moi et m'a murmuré :

— Je n'ai jamais compris pourquoi tu les aimais tant que ça. Moi, je trouve qu'ils puent.

— Attends un peu... ai-je murmuré en réponse. T'écoutais leur musique. T'avais leurs photos dans ton casier. Si tu les détestes tant que ça, pourquoi est-ce que tu m'as copiée comme ça?

Isabelle s'est dépêchée d'engloutir son cinquième morceau de pizza.

— Je ne te copiais pas. Je copiais Émmilie.

— **Émmilie?????**

Et ça, c'est sans compter les points d'interrogation additionnels que j'avais dans les yeux.

Isabelle m'a expliqué qu'Émmilie était **la personne la plus heureuse** qu'on connaissait, non? Alors, elle s'est dit que, si elle faisait tout ce qu'Émmilie faisait, elle serait heureuse elle aussi — et Isabelle est très curieuse de savoir ce que ça peut faire, d'être heureuse.

En entendant son nom, Émmilie s'est approchée. Je lui ai demandé si elle aimait vraiment les Trois Barbus ou si elle avait seulement voulu me copier.

— **C'est Vicki que je copiais.** Mais c'est superdifficile, parce qu'elle change tout le temps d'idée, a répondu Émmilie avec un sourire béat. Mais je l'aime bien, Vicki, parce qu'elle me rappelle l'écureuil dans ce dessin animé que j'aime bien.

Émmilie a ajouté qu'elle n'avait pas vraiment remarqué quel groupe j'aimais, mais qu'elle supposait que c'était probablement les Trois Barbus puisqu'elle venait quand même de remarquer tout ce qu'on avait sous les yeux.

En fait, ce n'était pas une émission, c'était une publicité.

Et c'était une tortue.
Mais que veux-tu? Je comprends tout à fait qu'Émmilie ne comprenne rien.

Angéline est arrivée à son tour en souriant. Je lui ai demandé pourquoi elle n'arrêtait pas de me copier. Alors, elle a répondu :

— **Je ne te copiais pas.**

J'en suis restée la bouche grande ouverte — assez grande pour qu'on puisse y garer une belle petite auto.

— Chaque fois que tu t'es rendu compte que j'aimais un groupe, t'as fait pareil. Tu le sais bien! T'as même fait semblant d'aimer des groupes parce que tu **pensais** que je les aimais.

Angéline s'est mise à rire.

— Je n'ai pas fait ça pour t'**imiter**, Jasmine. C'était mon **cadeau d'anniversaire**. Je voulais aider **tes** groupes préférés à devenir à la mode. Je pensais que t'aimerais ça, lancer des modes.

— Tout le monde sait que t'aimes bien te sentir meilleure que tout le monde, a gargouillé Isabelle, malgré son œsophage plein de pizza. (Là-dessus, elle a tort, bien sûr. Je suis **beaucoup** mieux que ça.)

— Au moins, ai-je dit, tu ne peux pas nier que Vicki m'a copiée chaque fois que je choisissais un nouveau groupe.

Angéline a eu un petit sourire et elle a dit doucement :

— C'est **moi** que Vicki imitait. Elle fait ça depuis longtemps. Elle fait tout ce qu'elle peut pour se faire accepter, cette année. Elle fait des changements, et c'est plus facile en copiant les autres. Ça ne me dérange pas. C'est plutôt flatteur, non? Et puis, les groupes de musique n'**appartiennent** à personne, pas plus que les modes, d'ailleurs.

Angéline a ramassé un des CD des Trois Barbus.

— Je sais que tu ne les aimes pas tellement, mais tu ne penses pas qu'on devrait faire jouer un de tes disques?

Puis elle a ajouté à voix basse :

— Tante Carole et moi, on connaît tout le monde au centre commercial. On pourra t'aider demain à échanger le reste de tes affaires des Trois Barbus si tu veux.

C'ÉTAIT PAS MOI?

Alors, c'est presque insultant!

136

Le reste de la fête a été très amusant.

On n'a pas eu besoin de jeux parce que Pinsonneau, Gaston et Henri ont fait un karaoké avec des chansons des Trois Barbus, et on s'est toutes mises à crier comme des folles en faisant semblant qu'on aimait ça. C'était un peu bizarre. Je n'aurais pas apprécié qu'ils fassent ça avec du FFETT... Salut à vous, groupes horribles du monde entier! Merci de nous faire cadeau de votre horribilité, justement, pour qu'on puisse s'amuser **à se moquer de vous!**

On a tous mangé trop de pizza et de gâteau, et mes parents ont dû nous crier six fois de faire moins de bruit. Ça veut dire que la fête était plutôt réussie. La dernière fois, on a eu seulement **trois cris.**

COMMENT INTERPRÉTER LE NOMBRE DE CRIS

UN CRI
Fête pas totalement assommante, mais probablement pas inoubliable.

SIX CRIS
Super fête. Risques de blessures. Plaisir en masse.

DIX CRIS
La police s'en vient. Préparez vos boniments.

Dimanche 29

Cher nul,

Aujourd'hui, c'était mon vrai anniversaire. Quand je suis descendue ce matin, mon père et ma mère m'avaient préparé mon petit déjeuner d'anniversaire préféré : des beignes et de la crème glacée. (Et puis, remarque encore une fois : rond = délicieux.)

Mon père m'a glissé une enveloppe sur la table.

— Bon anniversaire!

J'ai ouvert l'enveloppe, impatiente de voir ce qu'elle contenait. **C'était un billet pour un spectacle de FFETT!!!**

— Comment as-tu...?

— Ça n'a pas été facile, Jasmine, a dit mon père sans attendre la fin de ma question. Pas facile du tout. J'avais acheté des billets de FFETT il y a déjà longtemps, mais je les ai vendus et je les ai remplacés par des billets de Julien Jay Fibeau. Et puis, tu as eu ta phase Versus Apollo. Mais ça a été très difficile d'avoir des billets pour un de ses spectacles, parce que — paraît-il — il est mort. Tu le savais?

J'ai fait oui de la tête.

BEIGNE CRÈME GLACÉE LAIT FRAPPÉ (VU D'EN HAUT) BOULE DE FUDGE

D'autres preuves que rond = délicieux

— Et puis, tu t'es jetée sur les Trois Barbus.

— Alors, t'as acheté des billets pour leur spectacle?

— Non, a répondu mon père. J'ai bien failli, mais je les ai écoutés pour voir. Et je les ai trouvés aussi pleins d'énergie que ton vieux bâton sauteur — **et aussi inutiles.** Non, je ne sais pas pourquoi, mais j'étais sûr que tu ne resterais pas longtemps avec eux. Alors, j'ai racheté des billets de FFETT.

Ma mère a ajouté qu'il avait dû aller les chercher à l'autre bout de la province pour être certain de les avoir à temps pour mon anniversaire.

— Mais quand j'ai vu tout ce que tu avais reçu hier, a poursuivi mon père, j'ai eu peur d'avoir fait une erreur. J'ai demandé à ta tante Carole si je devrais plutôt essayer d'avoir des billets pour les Trois Barbus, après tout.

— Elle a demandé à Angéline, et Angéline lui a dit de garder ceux-ci. Heureusement, a-t-il ajouté en haussant les épaules, parce que j'avais déjà mes clés d'auto dans les mains.

— Mais papa, tu détestes FFETT!

Il a reconnu que oui, mais que de toute manière, il déteste à peu près tout ce que j'aime. Et que **c'est bien comme ça.**

— Je vais t'y emmener, tu sais. Ça ne te dérangera pas trop que ton père soit là, hein?

Et puis il a ajouté en souriant :

— Je vais rester en retrait, ne t'inquiète pas. Les gars de FFETT ne sauront même pas que j'existe.

— Ça va être super, ai-je répondu, en me disant que ça ferait quand même un peu drôle.

Au moins, si **je choisis moi-même ce qu'il va porter,** ça ne sera peut-être pas trop catastrophique.

NON   OUI

— Mais il y a une chose, a ajouté mon père. C'est à une condition.

Je le savais.

C'est là que je tombais de mon bâton sauteur, que je me cassais le bras et que je recevais un affreux beagle. Je prévoyais le pire...

J'étais à peu près sûre que ça m'arriverait encore...

— Il y a eu une annulation, et le gars des billets n'a pas voulu m'en vendre si je n'en achetais pas **six**.

— Faut pas me regarder comme ça, a fait ma mère. Moi, je n'y vais pas!

— Alors, à toi de décider qui va nous accompagner, a conclu mon père.

Isabelle est toujours là pour moi. Souvent, c'est pour me prendre mes affaires, mais elle est toujours là quand même.

Émmilie, avec son inégalable stupidité, est en train de montrer à Isabelle (et peut-être à moi aussi) comment être plus gentille.

Quant à Angéline, c'est à cause d'elle que toute cette histoire a commencé, mais elle a fait ça parce qu'elle pensait que ça me ferait plaisir. Et peut-être qu'elle avait raison. Et puis, finalement, c'est grâce à elle si je me retrouve avec ces billets-là, plutôt qu'avec des billets pour le concert des Trois Barbus.

Angéline, Émmilie et Isabelle sont **exactement comme moi, mais en mieux.** Alors, elles viennent avec nous.

Et je pense que je sais maintenant ce que c'est, mon plus grand exploit : **c'est d'avoir des amies super.** C'est bien mieux que d'être une petite idiote qui joue du violon sur un bâton sauteur, non?

Pourquoi est-ce que je pensais

que ça pourrait être cool?

ARRGH... À m'entendre, on dirait une de ces horribles émissions où les Trois Barbus sont invités régulièrement. On s'entend que ça n'a rien à voir avec ce stupide exploit de violon-sur-bâton-sauteur. Si j'ai des amies super, ce n'est pas grâce à **moi**, c'est grâce à elles. Donc, c'est **leur** exploit.

Mais bof... J'ai encore un an pour penser à quelque chose avant mon prochain anniversaire, et je ne vais pas laisser cette petite idiote de joueuse-de-violon-sur-bâton-sauteur me déranger. De toute manière, il faut voir le bon côté des choses : elle va probablement tomber et égratigner la voiture de son père elle aussi.

Merci de m'avoir écoutée, cher nul,

Jamie Kelly

Hé! Regardez!
Bon anniversaire
à moi!

P.-S. : On a voté, et on a toutes décidé que le dernier billet de spectacle devrait aller à Vicki. En fait, Isabelle s'en fichait pas mal, et Émmilie a voté pour Versus Apollo, mais Angéline et moi, on était d'accord. Quand j'ai téléphoné à Vicki, elle a peut-être pleuré un peu, mais qui peut la blâmer? **Je la laisse sortir avec mon groupe!**

À propos de Jim Benton

Jim Benton n'est pas un élève de première secondaire, mais il ne faut pas lui en vouloir. Après tout, il réussit à gagner sa vie grâce à ses histoires drôles.

Il a créé de nombreuses séries sous licence, certaines pour les jeunes enfants, d'autres encore pour les adultes qui, bien franchement, se comportent probablement comme des enfants.

Jim Benton a aussi créé une série télévisée pour enfants, dessiné des vêtements et écrit des livres.

Il vit au Michigan avec sa femme et ses enfants merveilleux. Il n'a pas de chien, et surtout pas de beagle rancunier. C'est sa première collection pour Scholastic.

Jasmine Kelly ne se doute absolument pas que Jim Benton, toi ou quelqu'un d'autre lisez son journal.